Je l'aimais

Anna Gavalda

Je l'aimais

À Constance

—Qu'est-ce que tu dis?

— Je dis que je vais les emmener. Ça leur fera du bien de partir un peu...

— Mais quand? a demandé ma belle-mère.

— Maintenant.

— Maintenant? Tu n'y penses pas...

— J'y pense.

— Enfin, mais qu'est-ce que ça veut dire? Il est presque onze heures! Pierre, tu...

— Suzanne, c'est à Chloé que je parle, Chloé, écoute-moi. J'ai envie de vous emmener loin d'ici. Tu veux bien?

— ...

— Tu crois que c'est une mauvaise idée?

— Je ne sais pas.

— Va chercher tes affaires. Nous partirons quand tu reviendras.

— Je n'ai pas envie d'aller chez moi.

— Alors n'y va pas. On se débrouillera sur place.

— Mais vous ne...

— Chloé, Chloé, s'il te plaît... Fais-moi confiance.

Ma belle-mère protestait encore :

— Mais enfin ! Vous n'allez pas réveiller les petites maintenant quand même ! La maison n'est même pas chauffée ! Il n'y a rien là-bas ! Il n'y a rien pour elles. Elles...

Il s'était levé.

*

Marion dort dans son siège auto, le pouce au bord des lèvres. Lucie est roulée en boule à côté.

Je regarde mon beau-père. Il se tient droit. Ses mains agrippent le volant. Il n'a pas dit un seul mot depuis que nous sommes partis. Je vois son profil quand nous croisons les feux d'une autre voiture. Je crois qu'il est aussi malheureux que moi. Qu'il est fatigué. Qu'il est déçu.

Il sent mon regard :

— Pourquoi tu ne dors pas ? Tu devrais dormir tu sais, tu devrais abaisser ton siège et t'endormir. La route est encore longue...

— Je ne peux pas, je lui réponds, je veille sur vous.

Il me sourit. C'est à peine un sourire.

— Non... c'est moi.

Et nous retournons dans nos pensées.

Et je pleure derrière mes mains.

Nous sommes garés devant une station-service. Je profite de son absence pour interroger mon portable.

Aucun message.

Bien sûr.

Suis-je bête.

Suis-je bête…

J'allume la radio, je l'éteins.

Il revient.

— Tu veux y aller ? Tu veux quelque chose ?

J'acquiesce.

Je me trompe de bouton, mon gobelet se remplit d'un liquide écœurant que je jette aussitôt.

Dans la boutique, j'achète un paquet de couches pour Lucie et une brosse à dents pour moi.

Il refuse de démarrer tant que je n'ai pas baissé mon dossier.

*

J'ai rouvert les yeux quand il a coupé le moteur.

— Ne bouge pas. Reste là avec les filles tant qu'il fait encore chaud. Je vais brancher les radiateurs électriques dans votre chambre. Je reviendrai vous chercher.

Encore prié mon portable.
À quatre heures du matin...
Suis-je bête.

Impossible de me rendormir.

Nous sommes toutes les trois couchées dans le lit de la grand-mère d'Adrien. Celui qui grince affreusement. C'était le nôtre.

Nous faisions l'amour en remuant le moins possible.

Toute la maison savait quand vous bougiez un bras ou une jambe. Je me souviens des sous-entendus de Christine lorsque nous étions descendus le premier matin. Nous rougissions au-dessus de nos bols et nous nous tenions la main sous la table.

Nous avions retenu la leçon. Nous nous prenions le plus discrètement du monde.

Je sais qu'il va revenir dans ce lit avec une autre que moi, et qu'avec elle aussi, il soulèvera ce gros matelas et le jettera par terre quand ils n'en pourront plus.

C'est Marion qui nous réveille. Elle fait courir sa poupée sur l'édredon en racontant une histoire de sucettes envolées. Lucie touche mes cils : « Tes yeux sont tout collés. »

Nous nous habillons sous les draps parce qu'il fait trop froid dans la chambre.

Le lit qui gémit les fait rire.

Mon beau-père a allumé un feu dans la cuisine. Je l'aperçois au fond du jardin qui cherche des bûches sous l'appentis.

C'est la première fois que je me retrouve seule avec lui.

Je ne me suis jamais sentie à l'aise en sa compagnie. Trop distant. Trop mutique. Et puis tout ce qu'Adrien m'en a dit, la difficulté de grandir sous son regard, sa dureté, ses colères, les galères de l'école.

Pareil avec Suzanne. Je n'ai jamais rien vu d'affectueux entre eux. « Pierre n'est pas très démonstratif, mais je sais ce qu'il éprouve pour moi », m'avait-elle confié un jour alors que nous parlions d'amour en équeutant les haricots.

Je hochais la tête mais je ne comprenais pas. Je ne comprenais pas cet homme qui s'économisait et réfrénait ses élans. Ne rien montrer de peur de se sentir affaibli, je n'ai jamais pu comprendre ça. Chez moi, on se touche et on s'embrasse comme on respire.

Je me souviens d'une soirée houleuse dans cette cuisine… Ma belle-sœur Christine se plaignait des profs de ses enfants, les disait incompétents et bornés. De là, la conversation avait glissé sur l'éducation en général et puis la leur en particulier. Et le vent avait tourné. Insidieusement. La cuisine s'était transformée en tribunal. Adrien et sa sœur en procureurs, et, dans le box des accusés, leur père. Quels moments pénibles… Si encore la marmite avait explosé, mais non. Les aigreurs avaient été refoulées et l'on avait évité le gros clash en se contentant de lancer quelques piques assassines.

Comme toujours.

Comment cela eût-il été possible de toute façon ? Mon beau-père refusait de descendre dans l'arène. Il écoutait les remarques acerbes de ses enfants sans jamais y répondre. « Vos critiques glissent sur moi comme sur les plumes d'un canard », concluait-il toujours en souriant et avant de prendre congé.

Cette fois pourtant, la discussion avait été plus âpre.

Je revois encore son visage crispé, ses mains refermées sur la carafe d'eau comme s'il avait voulu la briser sous nos yeux.

J'imaginais toutes ces paroles qu'il ne prononcerait jamais et j'essayais de comprendre. Que saisissait-il exactement ? À quoi pensait-il quand il était seul ? Et comment était-il dans l'intimité ?

En désespoir de cause, Christine s'était tournée vers moi :

— Et toi, Chloé, qu'est-ce que tu dis de tout ça ?

J'étais fatiguée, je voulais que cette soirée se termine. J'en avais eu ma dose de leurs histoires de famille.

— Moi... avais-je ajouté pensive, moi, je crois que Pierre ne vit pas parmi nous, je veux dire pas vraiment, je crois que c'est une espèce de Martien perdu dans la famille Dippel...

Les autres avaient haussé les épaules et s'étaient détournés. Mais pas lui.

Lui avait relâché la carafe et son visage s'était ouvert pour me sourire. C'était la première fois que je le voyais sourire de cette manière. La dernière aussi peut-être. Il me semble qu'une certaine complicité est née ce soir-là... Quelque chose de très ténu. J'avais essayé de le défendre comme je pouvais, mon drôle de Martien aux cheveux gris qui s'avance maintenant vers la porte de la cuisine en poussant devant lui une brouette pleine de bois.

*

— Ça va ? Tu n'as pas froid ?
— Ça va, ça va, je vous remercie.
— Et les petites ?
— Elles regardent leurs dessins animés.

— Il y a des dessins animés à cette heure-là ?

— Pendant les vacances scolaires, il y en a tous les matins.

— Ah… parfait. Tu as trouvé le café ?

— Oui, oui, merci.

— Et toi, Chloé ? À propos de vacances, tu ne dois pas…

— Appeler ma boîte ?

— Oui, enfin, je n'en sais rien.

— Si, si, je vais le faire, je…

Je me suis remise à pleurer.

Mon beau-père a baissé les yeux. Il enlevait ses gants.

— Excuse-moi, je me mêle de ce qui ne me regarde pas.

— Non, non, c'est pas ça, c'est juste que… Je me sens perdue. Je suis complètement perdue… Je… vous avez raison, je vais appeler mon chef.

— Qui est-ce, ton chef ?

— Une amie, enfin je crois, je vais voir…

J'ai attaché mes cheveux avec un vieux chouchou de Lucie qui traînait dans ma poche.

— Tu n'as qu'à lui dire que tu prends quelques jours de repos pour t'occuper de ton vieux beau-père acariâtre… suggéra-t-il.

— Oui… Je vais dire acariâtre *et* impotent. Ça fait plus sérieux.

Il souriait en soufflant sur sa tasse.

Laure n'était pas là. J'ai bafouillé trois mots à son assistante qui avait un appel sur l'autre ligne.

Aussi appelé chez moi. Composé le code du répondeur. Des messages sans importance.

Qu'allais-je donc imaginer ?

16

Et de nouveau, les larmes sont venues. Mon beau-père est entré et reparti aussitôt.

Je me disais : « Allez, il faut pleurer une bonne fois pour toutes. Tarir les larmes, presser l'éponge, essorer ce grand corps triste et puis tourner la page. Penser à autre chose. Mettre un pied devant l'autre et tout recommencer. »

On me l'a dit cent fois. Mais pense à autre chose. La vie continue. Pense à tes filles. Tu n'as pas le droit de te laisser aller. Secoue-toi.

Oui, je sais, je le sais bien, mais comprenez-moi : je n'y arrive pas.

D'abord qu'est-ce que ça veut dire, vivre ? Qu'est-ce que ça veut dire ?

Mes enfants, mais qu'ai-je à leur offrir ? Une maman qui boite ? Un monde à l'envers ?

Je veux bien me lever le matin, m'habiller, me nourrir, les habiller, les nourrir, tenir jusqu'au soir et les coucher en les embrassant. Je peux le faire. Tout le monde peut. Mais pas plus.

De grâce.

Pas plus.

— Maman !

— Oui, ai-je répondu en me mouchant dans ma manche.

— Maman !

— Je suis là, je suis là...

Lucie se tenait devant moi, en chemise de nuit sous son manteau. Elle faisait tourner sa Barbie en la tenant par les cheveux.

— Tu sais ce qu'il a dit Papy ?

— Non ?

— Il a dit qu'on irait manger au McDonald's.

— Je ne te crois pas, ai-je répondu.

— Eh bien si, c'est vrai ! C'est même lui qui nous l'a dit.

— Quand ?

— Tout à l'heure.

— Mais je croyais qu'il détestait ça le McDo...

— Nan, il déteste pas ça. Il a dit qu'on ferait les courses et qu'après, on irait tous au McDonald's, même toi, même Marion, même moi et même lui !

Elle a pris ma main pendant que nous montions les escaliers.

— Tu sais que j'en ai presque pas des habits ici. On les a tous oubliés à Paris...

— C'est vrai, ai-je admis, on a tout oublié.

— Alors tu sais ce qu'il a dit Papy ?

— Non.

— Il a dit à Marion et à moi qu'il allait nous en acheter quand on ferait des courses. Des habits qu'on pourrait choisir nous-mêmes...

— Ah bon ?

Je changeais Marion en lui chatouillant le ventre.

Pendant ce temps, Lucie, assise au bord du lit, continuait d'aller lentement là où elle voulait en venir.

— Et il a dit qu'il était d'accord...

— D'accord pour quoi ?

— D'accord pour tout ce que je lui ai demandé... Malheur.

— Tu lui as demandé quoi ?

— Des habits de Barbie.

— Pour ta Barbie ?

— Pour ma Barbie et pour moi. Les mêmes pour nous deux !

18

— Tu veux dire ces horreurs de tee-shirts qui brillent ! ?

— Oui, et même tout ce qui va avec : le jean rose, les baskets roses avec marqué Barbie dessus, les chaussettes avec le petit nœud... Tu sais... là... Le petit nœud derrière...

Elle me désignait sa cheville.

Je reposais Marion.

— Souperrrbe, lui ai-je dit, tou vas êtrre soupperrrrrrrbe !!!

Sa bouche se tordait.

— De toute façon, tous les trucs beaux, tu les trouves moches...

Je riais, j'embrassais son adorable moue.

Elle enfilait sa robe en rêvant.

— Je vais être belle, hein ?

— Tu es déjà belle, ma puce, tu es déjà très très belle.

— Oui, mais là, encore plus...

— Tu crois que c'est possible ?

Elle a réfléchi.

— Oui, je crois...

— Allez, tourne-toi.

Les filles, quelle belle invention, pensais-je en la coiffant, quelle belle invention...

Alors que nous faisions la queue devant les caisses, mon beau-père m'a avoué qu'il n'avait pas mis les pieds dans une grande surface depuis plus de dix ans.

J'ai pensé à Suzanne.

Toujours toute seule derrière son chariot.

Toujours toute seule partout.

Après leurs nuggets, les filles ont joué dans une espèce de cage remplie de boules multicolores. Un jeune homme leur avait demandé d'enlever leurs chaussures et je tenais les monstrueuses baskets « *You're a Barbie girl !* » de Lucie sur mes genoux.

Le pire, c'était cette espèce de talon compensé transparent...

— Comment avez-vous pu acheter des horreurs pareilles ?

— Ça lui fait tellement plaisir... J'essaie de ne pas refaire les mêmes erreurs avec la nouvelle génération... Tu vois, c'est comme cet endroit... Jamais je ne serais venu ici avec Christine et Adrien si ça avait été possible il y a trente ans. Jamais ! Et pourquoi, me dis-je aujourd'hui, pourquoi les avoir privés de ce genre de plaisir ? Qu'est-ce que ça m'aurait coûté après tout ? Un mauvais quart d'heure ? Qu'est-ce qu'un mauvais quart d'heure comparé aux visages écarlates de tes gamines ?

— J'ai tout fait à l'envers, ajouta-t-il en secouant la tête, et même ce foutu sandwich, je le tiens à l'envers, non ?

Il avait de la mayonnaise plein le pantalon.

— Chloé ?

— Oui.

— Je voudrais que tu manges... Excuse-moi de te parler comme Suzanne mais tu n'as rien mangé depuis hier...

— Je n'y arrive pas.

Il s'était repris.

— Comment veux-tu manger une cochonnerie pareille de toute façon ?! Qui peut manger ça ? Hein ? Dis-le-moi. Qui ? Personne !

J'essayais de sourire.

— Bon, je te permets de faire la diète encore maintenant, mais ce soir, fini ! Ce soir, c'est moi qui prépare le dîner et tu seras obligée d'y faire honneur, c'est compris ?

— C'est compris.

— Et ça ? Ça se mange comment, ce truc de cosmonaute ?

Il me désignait une improbable salade dans un shaker en plastique.

*

Nous avons passé le reste de l'après-midi dans le jardin. Les filles papillonnaient autour de leur

22

grand-père qui s'était mis en tête de rafistoler la vieille balançoire. Je les regardais de loin, assise sur les marches du perron. Il faisait froid, il faisait beau. Le soleil brillait à travers leurs cheveux et je les trouvais jolies.

Je pensais à Adrien. Qu'était-il en train de faire ?

Où était-il à cet instant précis ?

Et avec qui ?

Et notre vie, à quoi allait-elle ressembler ?

Chaque pensée me tirait un peu plus vers le fond. J'étais si fatiguée. J'ai fermé les yeux. Je rêvais qu'il arrivait. On entendait le bruit d'un moteur dans la cour, il s'asseyait près de moi, il m'embrassait et posait un doigt sur ma bouche pour faire une surprise aux filles. Je peux encore sentir sa douceur dans mon cou, sa voix, sa chaleur, l'odeur de sa peau, tout est là.

Tout est là...

Il suffit d'y penser.

Au bout de combien de temps oublie-t-on l'odeur de celui qui vous a aimée ? Et quand cesse-t-on d'aimer à son tour ?

Qu'on me tende un sablier.

La dernière fois que nous nous sommes enlacés, c'était moi qui l'embrassais. C'était dans l'ascenseur de la rue de Flandre.

Il s'était laissé faire.

Pourquoi ? Pourquoi s'était-il laissé embrasser par une femme qu'il n'aimait plus ? Pourquoi m'avoir donné sa bouche ? Et ses bras ?

Ça n'a pas de sens.

La balançoire est réparée. Pierre me jette un coup d'œil. Je tourne la tête. Je n'ai pas envie de croiser son regard. J'ai froid, de la morve plein les lèvres et puis je dois aller chauffer la salle de bains.

— Qu'est-ce que je peux faire pour vous aider ?

Il avait noué un torchon autour de ses hanches.

— Lucie et Marion sont couchées ?

— Oui.

— Elles n'auront pas froid ?

— Non, non, elles sont très bien. Dites-moi plutôt ce que je peux faire…

— Tu pourrais pleurer sans que je m'en trouve mortifié pour une fois… Ça me ferait du bien de te voir pleurer sans raison. Tiens, coupe-moi ça, ajouta-t-il en me tendant trois oignons.

— Vous trouvez que je pleure trop ?

— Oui.

Silence.

J'ai attrapé la planche en bois près de l'évier et je me suis assise en face de lui. Son visage était de nouveau contracté. On entendait seulement les bruits du feu.

— Ce n'est pas ce que j'ai voulu dire…

— Pardon ?

— Ce n'est pas ce que j'ai voulu dire, je ne pense

pas que tu pleures trop, je suis juste accablé. Tu es si mignonne quand tu souris…

— Tu veux boire quelque chose ?
J'ai hoché la tête.

— On va attendre qu'il se réchauffe un peu, ce serait dommage… Tu veux un Bushmills, en attendant ?
— Non merci.
— Et pourquoi ?
— Je n'aime pas le whisky.
— Malheureuse ! Ça n'a rien à voir ! Goûte-moi ça…
J'ai porté le verre à mes lèvres et j'ai trouvé ça infâme. Je n'avais rien mangé depuis des jours, j'étais ivre. Mon couteau glissait sur la peau des oignons et ma nuque s'était volatilisée. J'allais me couper un doigt. J'étais bien.

— Il est bon, hein ? C'est Patrick Frendall qui me l'a offert pour mes soixante ans. Tu te souviens de Patrick Frendall ?
— Euh… non.
— Si, si, je crois que tu l'as déjà vu ici, tu ne te souviens pas ? Un type immense avec des bras gigantesques…
— Celui qui avait lancé Lucie dans les airs jusqu'à ce qu'elle manque de vomir ?
— Exact, répondit Pierre en me resservant un verre.
— Oui, je me souviens…
— Je l'aime beaucoup, je pense à lui très souvent… C'est étrange, je le considère comme l'un de mes meilleurs amis alors que je le connais à peine…

— Vous avez des meilleurs amis, vous ?

— Pourquoi tu me demandes ça ?

— Comme ça. Enfin… Je n'en sais rien. Je ne vous ai jamais entendu en parler.

Mon beau-père s'appliquait sur ses rondelles de carottes. C'est toujours amusant de regarder un homme qui fait la cuisine pour la première fois de sa vie. Cette façon de suivre la recette à la virgule près comme si Ginette Mathiot était une déesse très susceptible.

— Il y a marqué « couper les carottes en rondelles de taille moyenne », tu crois que ça ira comme ça ?

— C'est parfait !

Je riais. Sans nuque, ma tête dodelinait sur mes épaules.

— Merci… Où en étais-je déjà ? Ah oui, mes amis… En fait, j'en ai eu trois… Patrick, que j'ai connu pendant un voyage à Rome. Une bondieuserie de ma paroisse… Mon premier voyage sans les parents… J'avais quinze ans. Je ne comprenais rien de ce que me baragouinait cet Irlandais qui faisait deux fois ma taille mais nous nous sommes acoquinés tout de suite. Il avait été élevé par les gens les plus catholiques du monde, je sortais tout juste de l'étouffoir familial… Deux jeunes chiens lâchés dans la Ville éternelle… Quel pèlerinage !…

Il en frissonnait encore.

Il faisait revenir les oignons et les carottes dans une cocotte avec des morceaux de poitrine fumée, ça sentait très bon.

— Et puis Jean Théron, que tu connais, et mon frère, Paul, que tu n'as jamais vu puisqu'il est mort en 56...

— Vous considériez votre frère comme votre meilleur ami ?

— Il était plus que ça encore... Toi, Chloé, telle que je te connais, tu l'aurais adoré. C'était un garçon fin, drôle, attentif aux uns et aux autres, toujours gai. Il peignait... Je te montrerai ses aquarelles demain, elles sont dans mon bureau. Il connaissait le chant de tous les oiseaux. Il était taquin sans jamais blesser personne. C'était un garçon charmant. Vraiment charmant. D'ailleurs tout le monde l'adorait...

— De quoi est-il mort ?

Mon beau-père s'était retourné.

— Il est allé en Indochine. Il en est revenu malade et à moitié fou. Il est mort de la tuberculose le 14 juillet 1956.

— ...

— Inutile de te dire qu'après ça, mes parents n'ont plus jamais regardé un seul défilé de leur vie. Les bals et les feux d'artifice aussi, pour eux, c'était terminé.

Il ajoutait les morceaux de viande et les tournait dans tous les sens pour les faire dorer.

— Le pire, vois-tu, c'est qu'il était engagé volontaire... À cette époque, il faisait des études. Il était brillant. Il voulait travailler à l'O.N.F. Il aimait les arbres et les oiseaux. Il n'aurait pas dû aller là-bas. Il n'avait aucune raison d'y aller. Aucune. C'était un homme doux, pacifiste, qui citait Giono et qui...

— Alors pourquoi ?

— À cause d'une fille. Un chagrin d'amour bêta. N'importe quoi, même pas une fille d'ailleurs, une gamine. Une histoire absurde. En même temps que je te dis ça et à chaque fois que j'y pense, je suis effondré par l'inanité de nos vies. Un bon garçon qui part à la guerre à cause d'une demoiselle boudeuse, c'est grotesque. On lit ça dans les romans de gare. C'est bon pour les mélos, des histoires pareilles !

— Elle ne l'aimait pas ?

— Non. Mais Paul en était fou. Il l'adorait. Il la connaissait depuis qu'elle avait douze ans, lui écrivait des lettres qu'elle ne devait même pas comprendre. Il est parti à la guerre comme on crâne. Pour qu'elle voie quel homme c'était ! La veille de son départ encore, il fanfaronnait, cet âne : « Quand elle vous la réclamera, ne lui donnez pas mon adresse tout de suite, je veux que ce soit moi qui lui écrive le premier… » Et trois mois plus tard, elle se fiançait au fils du boucher de la rue de Passy.

Il a secoué une dizaine d'épices différentes, tout ce qu'il a pu trouver dans les placards.

Je ne sais pas ce que Ginette en aurait pensé…

— Un grand garçon falot qui passait ses journées à désosser des morceaux de viande dans l'arrière-boutique de son père. Quel choc pour nous, tu imagines. Elle avait éconduit notre Paul pour ce grand dadais. Il était là-bas, à l'autre bout du monde, il était probablement en train de penser à elle, de lui composer des vers, cet idiot, et elle, elle ne songeait qu'aux sorties du samedi soir avec ce lourdaud qui avait le droit d'emprunter la voiture de son papa.

Une Frégate bleu ciel, je me souviens... Bien sûr, elle était libre de ne pas l'aimer, bien sûr, mais Paul était trop exalté, il ne pouvait rien faire sans bravoure, sans... sans brio. Quel gâchis...

— Et ensuite?

— Ensuite, rien. Paul est revenu et ma mère a changé de boucher. Il a passé beaucoup de temps dans cette maison dont il ne sortait presque plus. Il dessinait, il lisait, se plaignait de ne plus pouvoir dormir. Il souffrait beaucoup, toussait sans cesse, et puis il est mort. À vingt et un ans.

— Vous n'en parlez jamais...

— Non.

— Pourquoi?

— J'aimais en parler avec des gens qui l'avaient connu, c'était plus simple...

J'ai écarté ma chaise de la table.

— Je vais mettre le couvert. Où voulez-vous dîner?

— Ici, dans la cuisine, c'est très bien.

Il a éteint la grande lumière et nous nous sommes assis l'un en face de l'autre.

— C'est délicieux.

— Tu le penses vraiment? Il me semble que c'est un peu cuit, non?

— Non, non, je vous assure, c'est parfait.

— Tu es trop bonne.

— C'est votre vin qui est bon. Parlez-moi de Rome...

— De la ville?

— Non, de ce pèlerinage... Comment étiez-vous quand vous aviez quinze ans?

— Oh... Comment j'étais ? J'étais le garçon le plus niais du monde. J'essayais de suivre les grandes enjambées de Frendall. Je tirais la langue, lui parlais de Paris, du Moulin-Rouge, affirmais n'importe quoi, mentais effrontément. Il riait, répondait des choses que je ne comprenais pas non plus et je riais à mon tour. Nous passions notre temps à voler des pièces dans les fontaines et à ricaner dès que nous croisions une personne du sexe opposé. Nous étions vraiment pathétiques quand j'y repense... Je ne me souviens plus aujourd'hui du but de ce pèlerinage. Il y avait sûrement une bonne cause à la clé, une intention de prière, comme on dit... Je ne sais plus... Ce fut pour moi une énorme bouffée d'oxygène. Ces quelques jours ont changé ma vie. J'avais découvert le goût de la liberté. C'était comme de... Je te ressers ?

— Volontiers.

— Il fallait voir le contexte aussi... Nous venions de faire semblant de gagner une guerre. Le fond de l'air était plein d'aigreur. Nous ne pouvions évoquer quelqu'un, un voisin, un commerçant, les parents d'un camarade, sans que mon père le range aussitôt dans un petit tiroir : délateur ou dénoncé, lâche ou bon à rien. C'était affreux. Tu ne peux pas l'imaginer, mais crois-moi, c'est affreux pour des gosses... D'ailleurs nous ne lui adressions plus la parole... ou si peu... Le minimum filial probablement... Un jour quand même, je lui ai demandé : « Si elle était si moche votre humanité, pourquoi vous vous êtes battus pour elle alors ? »

— Qu'est-ce qu'il a répondu ?

— Rien... du mépris.

— Merci, merci, c'est trop !

— Je vivais au premier étage d'un immeuble tout gris, au fin fond du seizième arrondissement. C'était d'un triste… Mes parents n'avaient pas les moyens d'habiter là, mais il y avait le prestige de l'adresse tu comprends. Le seizième ! Nous étions à l'étroit dans un appartement sinistre où le soleil n'entrait jamais et ma mère défendait qu'on ouvre les fenêtres parce qu'il y avait un dépôt d'autobus juste en dessous. Elle craignait que ses rideaux ne… ne devinssent noirs… oh, oh, ce gentil bordeaux me fait conjuguer les verbes à l'imparfait du subjonctif, c'est étonnant ! Je m'ennuyais affreusement. J'étais trop jeune pour intéresser mon père et ma mère papillonnait.

« Elle sortait beaucoup. "Du temps consacré à la paroisse", disait-elle en levant les yeux au ciel. Elle en faisait trop, s'agaçait de la bêtise de certaines femmes pieuses qu'elle inventait de toutes pièces, enlevait ses gants, les jetait sur la console de l'entrée comme on rendrait enfin son tablier, soupirait, virevoltait, jacassait, mentait, s'embrouillait quelquefois. Nous la laissions dire. Paul l'appelait Sarah Bernhardt et mon père reprenait la lecture de son *Figaro* sans faire de commentaires quand elle quittait la pièce… Des pommes de terre ?

— Non merci.

— J'étais demi-pensionnaire à Janson-de-Sailly. J'étais aussi gris que mon immeuble. Je lisais *Cœurs vaillants* et les aventures de Flash Gordon. Je jouais au tennis avec les fils Mortellier tous les jeudis. Je… J'étais un enfant très sage et sans aucun intérêt. Je rêvais de prendre l'ascenseur et de monter au sixième étage pour voir… Tu parles d'une aventure… Monter au sixième étage ! Quel benêt, je te jure…

« J'attendais Patrick Frendall.

« J'attendais le Pape !

Il s'était levé pour activer le feu.

— Enfin… Ce n'était pas la révolution… Une récréation tout au plus. J'ai toujours cru que j'allais… comment dire… dételer un jour. Mais non. Jamais. Je suis resté cet enfant très sage et sans intérêt. Pourquoi est-ce que je te raconte tout ça, au fait ? Mais pourquoi suis-je si bavard tout à coup ?

— C'est moi qui vous l'ai demandé…

— Enfin… Mais ce n'est pas une raison ! Je ne te casse pas les pieds avec ma petite boutique de nostalgie ?

— Non, non, au contraire, j'aime bien…

*

Le lendemain matin, j'ai trouvé un mot sur la table de la cuisine : « A/R bureau ».

Il y avait du café chaud et une énorme bûche posée sur les chenets.

Pourquoi ne m'avait-il pas prévenue de son départ ?

Quel homme étrange… Comme un poisson… Qui s'esquive toujours et vous glisse entre les mains…

Je me suis servi un grand bol de café et l'ai bu debout, l'épaule contre la fenêtre de la cuisine. Je regardais les rouges-gorges qui s'affolaient autour du bloc de saindoux que les filles avaient déposé sur le banc hier.

33

Le soleil montait à peine au-dessus de la haie.

J'attendais qu'elles se lèvent. La maison était trop calme.

J'avais envie d'une cigarette. C'était idiot, je ne fumais plus depuis des années. Oui mais voilà, c'est comme ça la vie... Vous faites preuve d'une volonté formidable et puis un matin d'hiver, vous décidez de marcher quatre kilomètres dans le froid pour racheter un paquet de cigarettes ou alors, vous aimez un homme, avec lui vous fabriquez deux enfants et un matin d'hiver, vous apprenez qu'il s'en va parce qu'il en aime une autre. Ajoute qu'il est confus, qu'il s'est trompé.

Comme au téléphone : « Excusez-moi, c'est une erreur. »

Mais je vous en prie...

Une bulle de savon.

Il y a du vent. Je sors pour mettre le saindoux à l'abri.

Je regarde la télé avec les filles. Je suis accablée. Les héros de leurs dessins animés me paraissent niais et capricieux. Lucie s'agace, secoue la tête, me prie de me taire. J'ai envie de lui parler de Candy.

Moi, quand j'étais petite, j'étais accro à Candy.

Candy ne parlait jamais d'argent. Que d'amour. Et puis je me suis tue. Pour ce que ça m'aura servi de faire comme cette greluche de Candy...

Le vent souffle de plus en plus. J'abandonne l'idée d'aller au village.

Nous passons l'après-midi dans le grenier. Les filles se déguisent. Lucie agite un éventail devant le visage de sa sœur:

— Vous avez trop chaud, madame la comtesse?

Madame la comtesse ne peut pas bouger. Elle a trop de chapeaux sur la tête.

Nous descendons un vieux berceau. Lucie dit qu'il faut le repeindre.

— En rose? je lui demande.

— Comment tu as deviné?

— Je suis très forte.

Le téléphone sonne. Lucie va répondre.

À la fin, je l'entends qui demande:

— Tu veux parler à maman maintenant?

Elle raccroche un peu après. Ne revient pas avec nous.

Je continue de dégarnir le lit d'enfant avec Marion.

Je la retrouve en descendant dans la cuisine. Elle a posé son menton sur la table. Je m'assieds à côté d'elle.

Nous nous regardons.

— Est-ce qu'un jour, toi et papa vous serez encore des amoureux?

— Non.

— Tu en es sûre?

— Oui.

— De toute façon, je le savais déjà…

Elle s'est levée et a ajouté :
— Tu sais ce que je voulais te dire aussi ?
— Non. Quoi ?
— Eh bien que les oiseaux, ils ont tout mangé déjà…
— C'est vrai ? Tu es sûre ?
— Oui, viens voir…

Elle a contourné la table et pris ma main.

Nous étions devant la fenêtre. Il y avait cette petite fille blonde à côté de moi. Elle portait un vieux plastron de smoking et un jupon mangé par les mites. Ses « *You're a Barbie girl !* » tenaient dans les bottines de son arrière-grand-mère. Ma grande main de maman faisait tout le tour de la sienne. Nous regardions les arbres du jardin ployer sous le vent et devions probablement penser la même chose…

La salle de bains est si froide que je n'arrive pas à sortir les épaules de l'eau. Lucie nous a shampouinées en nous inventant toutes sortes de coiffures vertigineuses. «Regarde-toi, Maman! Tu as des cornes sur la tête!»

Je le savais déjà.

Ce n'était pas très drôle, mais ça m'a fait rire.

— Pourquoi tu ris?

— Parce que je suis bête.

— Pourquoi tu es bête?

Nous nous sommes séchées en dansant.

Chemises de nuit, chaussettes, chaussures, pulls, robes de chambre et pulls encore.

Mes Bibendum sont descendus manger leur soupe.

Le courant a sauté alors que Babar jouait avec l'ascenseur d'un grand magasin sous l'œil courroucé du groom. Marion s'est mise à pleurer.

— Attendez-moi, je vais remettre la lumière.

— Ouh! ouhouhouhouh…

— Arrête, Barbie girl, tu fais pleurer ta sœur.

— Ne m'appelle pas Barbie girl !

— Alors arrête.

Ce n'était pas le disjoncteur, ni les plombs. Les volets claquaient, les portes gémissaient et toute la maison était plongée dans l'obscurité.

Sœurs Brontë, priez pour nous.

Je me demandais quand Pierre allait rentrer.

J'ai descendu le matelas des filles dans la cuisine. Sans radiateur électrique, il était impensable de les laisser dormir là-haut. Elles étaient excitées comme des puces. Nous avons repoussé la table et posé leur lit de fortune près de la cheminée.

Je suis allée m'allonger entre elles deux.

— Et Babar ? Tu nous l'as pas fini…

— Chut, Marion, chut ! Regarde plutôt devant toi. Regarde le feu. C'est lui qui va te raconter des histoires…

— Oui mais…

— Chut…

Elles se sont endormies tout de suite.

J'écoutais les bruits de la maison. Mon nez me piquait et je me frottais les yeux pour ne pas pleurer.

Ma vie est comme ce lit, pensais-je encore. Fragile. Incertaine. Suspendue.

Je guettais le moment où la maison allait s'envoler.

Je pensais que j'étais larguée.

C'est drôle comme les expressions ne sont pas seulement des expressions. Il faut avoir eu très peur pour comprendre « sueurs froides » ou avoir été très angoissé pour que « des nœuds dans le ventre » rende tout son jus, non ?

« Larguée », c'est pareil. C'est merveilleux comme expression. Qui a trouvé ça ?

Larguer les amarres.

Détacher la bonne femme.

Prendre le large, déployer ses ailes d'albatros et baiser sous d'autres latitudes.

Non, vraiment, on ne saurait mieux dire…

Je deviens mauvaise, c'est bon signe. Encore quelques semaines et je serai bien laide.

Parce que le piège, justement, c'est de croire qu'on est amarré. On prend des décisions, des crédits, des engagements et puis quelques risques aussi. On achète des maisons, on met des bébés dans des chambres toutes roses et on dort toutes les nuits enlacés. On s'émerveille de cette… Comment disait-on déjà ? De cette *complicité*. Oui, c'était ça qu'on disait, quand on était heureux. Ou quand on l'était moins…

Le piège, c'est de penser qu'on a le droit d'être heureux.

Nigauds que nous sommes. Assez naïfs pour croire une seconde que nous maîtrisons le cours de nos vies.

Le cours de nos vies nous échappe, mais ce n'est pas grave. Il n'a pas grand intérêt…

L'idéal, ce serait de le savoir plus tôt.

« Plus tôt » quand ?

Plus tôt.

Avant de repeindre des chambres en rose, par exemple...

C'est Pierre qui a raison, pourquoi montrer sa faiblesse ?

Pour prendre des coups ?

Ma grand-mère disait souvent que c'était avec de bons petits plats qu'on retenait les gentils maris à la maison. Je suis loin du compte, Mamie, je suis loin du compte... D'abord je ne sais pas cuisiner et puis je n'ai jamais eu envie de retenir personne.

Eh bien, c'est réussi, ma petite fille !

Je me sers un peu de cognac pour fêter ça.

Une larme et puis dodo.

La journée suivante m'a semblé bien longue.

Nous sommes allées nous promener. Nous avons donné du pain aux chevaux du centre équestre et sommes restées un long moment avec eux. Marion est montée sur le dos du poney. Lucie n'a pas voulu.

J'avais l'impression de porter un sac à dos très lourd.

Le soir, c'était spectacle. J'ai de la chance, c'est tous les jours spectacle chez moi. Au programme cette fois : *La petite fille qui voulé pas sen nalé*. Elles se sont donné beaucoup de mal pour me distraire.

Je n'ai pas bien dormi.

Le lendemain matin, le cœur n'y était plus. Il faisait trop froid.

Les filles pleurnichaient sans cesse.

J'avais essayé de faire diversion en jouant aux hommes préhistoriques.

— Regardez bien comment les hommes préhistoriques s'y prenaient pour préparer leur bol de Nesquick… Ils mettaient la casserole de lait sur le feu, oui, exactement comme ça… Et leur tartine grillée? Rien de plus simple, le morceau de pain sur une grille et hop, au-dessus des flammes… Attention! pas trop longtemps, hein, sinon c'est du charbon. Qui veut jouer aux hommes préhistoriques avec moi?

Elles s'en fichaient, elles n'avaient pas faim. Ce qu'elles voulaient, c'était leur saloperie de télé.

Je me suis brûlée. Marion a pleuré en m'entendant crier et Lucie a renversé son bol sur le canapé.

Je me suis assise et j'ai pris ma tête entre mes mains.

Je rêvais de pouvoir la dévisser, de la poser par terre devant moi et de shooter dedans pour l'envoyer valdinguer le plus loin possible.

Tellement loin qu'on ne la retrouverait plus jamais.

Mais je ne sais même pas shooter.

Je taperais à côté, c'est sûr.

Pierre est arrivé à ce moment-là.

Il était désolé, expliquait qu'il n'avait pas pu me joindre plus tôt puisque la ligne était coupée et secouait un sac de croissants chauds sous le nez des filles.

Elles riaient. Marion cherchait sa main et Lucie lui proposait un café préhistorique.

— Un café préhistorique? Mais avec plaisir, madame Cro-Mignonne!

J'en avais les larmes aux yeux.

Il a posé sa main sur mon genou.

— Chloé... Ça va ?

J'avais envie de lui dire, non, ça ne va pas du tout, mais j'étais si contente de le revoir que j'ai répondu le contraire.

— La boulangère a de la lumière, ce n'est donc pas une panne de secteur. Je vais aller voir ça de plus près... Eh, regardez, les filles, il fait un temps magnifique ! Habillez-vous, on va aller aux champignons. Avec ce qu'il a plu hier, on va en trouver plein !

« Les filles », c'était moi aussi... Nous avons monté les escaliers en gloussant.

Que c'est bon d'avoir huit ans.

Nous avons marché jusqu'au Moulin du Diable. Une bâtisse sinistre qui fait la joie des petits enfants depuis plusieurs générations.

Pierre a expliqué aux filles les trous dans le mur :

— Là, c'est un coup de corne... et là, ce sont les marques de ses sabots...

— Pourquoi il a donné des coups de sabot dans le mur ?

— Ah... C'est une longue histoire... C'est parce qu'il était très énervé ce jour-là...

— Pourquoi il était très énervé ce jour-là ?

— Parce que sa prisonnière s'était échappée.

— C'était qui, sa prisonnière ?

— C'était la fille de la boulangère.

— La fille de madame Pécaut ?

— Non, pas sa fille, voyons !! Son arrière-arrière-grand-mère plutôt.

— Ah ?

J'ai montré aux filles comment fabriquer une mini-dînette avec des cupules de glands. Nous avons trouvé un nid d'oiseaux vide, des cailloux, des pommes de pin. Nous avons cueilli des coucous et cassé des branches de noisetier. Lucie a récupéré de la mousse pour ses poupées et Marion n'a pas quitté les épaules de son grand-père.

Nous avons rapporté deux champignons. Tous les deux suspects !

Sur le chemin du retour, on entendait le chant du merle et la voix intriguée d'une petite fille qui demandait :

— Mais pourquoi il avait capturé la grand-mère de madame Pécaut, le diable ?

— Tu ne devines pas ?

— Non.

— Parce qu'il était très gourmand, tiens !

Elle donnait des coups de bâton dans les fougères pour faire fuir le démon.

Et moi, dans quoi pourrais-je donner des coups de bâton ?

*

— Chloé ?

— Oui.

— Je voulais te dire… J'espère… Enfin plutôt je voudrais… Oui, c'est ça, je voudrais… Je voudrais que tu reviennes dans cette maison parce que… Je sais que tu l'aimes beaucoup… Tu as fait tellement de choses ici… Dans les chambres… Le jardin…

Avant toi, il n'y avait pas de jardin tu sais? Promets-moi que tu reviendras. Avec ou sans les filles…

Je me suis tournée vers lui.

— Non, Pierre. Vous savez bien que non.

— Et ton rosier? Comment s'appelle-t-il déjà? Ce rosier que tu as planté l'année dernière…

— Cuisse de nymphe émue.

— Oui, c'est ça. Tu l'aimais tant…

— Non, c'est son nom que j'aimais bien… Écoutez, c'est déjà assez dur comme ça…

— Pardon, pardon.

— Mais vous? Vous vous en occuperez, vous?

— Bien sûr! Cuisse de nymphe émue, tu penses… Comment faire autrement?

Il se forçait un peu.

Sur le chemin du retour, nous avons croisé le vieux Marcel qui revenait du bourg. Son vélo zigzaguait dangereusement. Par quel miracle a-t-il réussi à stopper sa course devant nous sans tomber, nous ne le saurons jamais. Il a posé Lucie sur sa selle et nous a proposé le petit canon du soir.

Madame Marcel a embrassé les filles de la tête aux pieds et les a installées devant la télévision avec un paquet de bonbons sur les genoux. «Elle a la parabole, Maman! Tu te rends compte! Une chaîne avec que des dessins animés!»

Alléluia.

Aller tout au bout du monde, franchir des taillis, des haies, des fossés, se boucher le nez, traverser la cour du vieux Marcel et voir Télétoon en mâchant des fraises Tagada!

Quelquefois, la vie est magnifique…

La tempête, la vache folle, l'Europe, la chasse, les morts et les mourants… À un moment, Pierre a demandé :

— Dites, Marcel, vous vous souvenez de mon frère ?

— De qui ? De Paul ? Je pense bien que j'm'en souviens de ce p'tit sagouin… Y m'rendait fou avec ses p'tits sifflets. Y m'faisait croire n'importe quoi à la chasse ! Y m'faisait croire à des oiseaux qui sont même pas de chez nous ! Quel salopiot ! Et les chiens qui dev'naient zinzins ! Ah oui, que j'm'en souviens ! C'était un bon p'tit gars… Y v'nait souvent en forêt avec le père… Y voulait tout qu'on lui montre, tout qu'on lui explique… Oh là là… Qu'est-ce qu'il a posé comme questions celui-là ! Y disait qu'il voulait faire des études pour travailler dans les bois. J'me souviens, l'père lui répondait, mais t'as pas besoin d'études, mon gars ! Qu'est-ce qu'y pourront t'apprendre de plus que moi tes maîtres ? Y répondait pas, y disait que c'était pour visiter toutes les forêts du monde, pour voir du pays, se promener en Afrique et en Russie mais qu'après, y reviendrait ici et qu'y nous raconterait tout.

Pierre l'écoutait en secouant la tête doucement, pour l'encourager à parler et à parler encore.

Madame Marcel s'était levée. Elle est revenue en nous tendant un carnet à dessins.

— Voilà ce que le petit Paul, enfin, je dis petit, il était plus si petit à l'époque, m'avait offert un jour pour me remercier de mes beignets d'acacia. Regardez, c'était mon chien.

À mesure qu'elle tournait les pages, on admirait les facéties d'un petit fox qu'on devinait gâté à mort et plus cabot que nature.

— Comment s'appelait-il? demandai-je.

— Il avait pas de nom, mais on disait toujours « Où qu'il est ? » parce qu'y partait tout le temps… C'est de ça qu'il est mort d'ailleurs… Oh… Qu'est-ce qu'on l'aimait çui-là… Qu'est-ce qu'on l'ai-mait… De trop, de trop… C'est la première fois que je revois ces dessins depuis bien longtemps. D'habitude j'évite de fouiller là-dedans, ça me fait trop de morts d'un coup…

Les dessins étaient merveilleux. « Où qu'il est ? » était un fox marron avec de longues moustaches noires et des sourcils broussailleux.

— Il a pris un coup de fusil… Y braconnait les bracos, l'imbécile…

Je me suis levée, il fallait repartir avant que la nuit ne soit complètement tombée.

*

— Mon frère est mort à cause de la pluie. Parce qu'ils l'ont posté trop longtemps sous la pluie, tu te rends compte ?

Je n'ai rien répondu, trop occupée à regarder où je posais les pieds pour éviter les flaques.

Les filles sont allées au lit sans dîner. Trop de bonbons.

Babar a quitté la Vieille Dame. Elle reste seule. Elle pleure. Elle se demande : « Quand reverrai-je mon petit Babar ? »

Pierre aussi est malheureux. Il est resté longtemps dans son bureau. Soi-disant pour retrouver les dessins de son frère. J'ai préparé le dîner. Des spaghettis avec des morceaux de gésiers confits par Suzanne.

Nous avions décidé de partir le lendemain en fin de matinée. C'était donc la dernière fois que je m'agitais dans cette cuisine.

Je l'aimais bien cette cuisine. J'ai jeté les pâtes dans l'eau bouillante en maudissant ma sensiblerie. « Je l'aimais bien cette cuisine… » Hé, mémère, t'en trouveras d'autres, des cuisines…

Je me brutalisais alors que j'avais des larmes plein les yeux, c'était idiot.

Il a posé une petite aquarelle sur la table. Une femme, de dos, lisait.

Elle était assise sur un banc de jardin. Sa tête était un peu penchée. Peut-être qu'elle ne lisait pas, peut-être qu'elle dormait ou qu'elle rêvait.

On reconnaissait la maison. Les marches du perron, les volets arrondis et la glycine blanche.

— C'est ma mère.

— Comment s'appelait-elle ?

— Alice.

— ...

— Elle est pour toi.

J'allais protester, mais il a fait les gros yeux et mis un doigt devant sa bouche. Pierre Dippel est un homme qui n'aime pas être contrarié.

— Il faut toujours vous obéir, n'est-ce pas ?

Il ne m'écoutait pas.

— Est-ce qu'un jour, quelqu'un a déjà osé vous contredire ? ajoutai-je en posant le dessin de Paul sur la cheminée.

— Pas quelqu'un. Toute ma vie.

Je me brûlai la langue.

Il s'était appuyé sur la table pour se relever.

— Bah... Que veux-tu boire, Chloé ?

— Quelque chose qui rende gai.

*

Il est remonté de la cave avec deux bouteilles qu'il tenait contre lui comme des nouveau-nés.

— Château Chasse-Spleen... Avoue que c'est de circonstance... Tout à fait ce qu'il nous faut. J'en ai pris deux, une pour toi et une pour moi.

— Vous êtes fou ! Vous devriez attendre une plus grande occasion...

— Une plus grande occasion que quoi ?

Il approchait sa chaise de la cheminée.

— Que... Je ne sais pas... Que moi... Que nous... Que ce soir.

Il avait replié ses bras autour de lui pour réchauffer sa fortune.

— Mais, nous sommes une grande occasion, Chloé. Nous sommes la plus grande occasion du monde. Je viens dans cette maison depuis que je suis enfant, j'ai pris des milliers de repas dans cette cuisine et crois-moi, je sais reconnaître une grande occasion !

Ce petit ton suffisant, quel dommage.

Il me tournait le dos et regardait le feu sans bouger.

— Chloé, je n'ai pas envie que tu partes...

J'ai balancé les nouilles dans l'égouttoir et le torchon par-dessus.

— Vous m'énervez. Vous dites n'importe quoi. Vous ne pensez qu'à vous. Vous êtes fatigant à la fin. « Je ne veux pas que tu partes. » Mais pourquoi vous me dites un truc aussi stupide ? Je vous rappelle que ce n'est pas moi qui m'en vais... Vous avez un fils, vous vous en souvenez ? Un grand garçon. Eh bien, c'est lui qui est parti. C'est lui ! Vous n'êtes pas au courant ? Oh, c'est trop bête. Attendez, je vais vous la

raconter, c'est une histoire amusante. Donc, c'était…
C'était quand, déjà ? Peu importe. Adrien, le merveilleux Adrien a fait ses valises l'autre jour. Mettez-
vous à ma place, j'étais étonnée. Ah oui, parce que je
ne vous ai pas dit, mais il se trouve que j'étais la
femme de ce garçon. Vous savez, la femme, ce truc
pratique qu'on emmène partout et qui sourit quand
on l'embrasse. Donc, j'étais surprise, vous imagi-
nez… le voilà avec nos valises devant l'ascenseur de
notre appartement qui se met à geindre en regardant
sa montre. Il geint parce qu'il est très énervé, le
pauvre biquet ! L'ascenseur, les valises, bobonne et
l'avion, quel casse-tête ! Eh oui ! Parce qu'il ne fallait
pas le rater l'avion, il y avait la maîtresse dedans !
Vous savez, la maîtresse, cette jeune femme impa-
tiente qui vous agace un peu les nerfs. Pas le temps
pour une scène de ménage, vous pensez… Et puis
c'est d'un commun les scènes de ménage… Chez les
Dippel, on ne vous a pas appris ça, hein ? Les cris, les
scènes, les mouvements d'humeur, c'est vulgaire,
n'est-ce pas ? Oh oui, c'est vulgaire. Chez les Dippel,
c'est *never explain, never complain*, tout de suite, c'est
autre chose. C'est la classe.

— Chloé, arrête ça tout de suite !

Je pleurais.

— Mais vous vous entendez ? Vous entendez
comme vous me parlez ! ? Mais je ne suis pas un
chien, Pierre. Je ne suis pas votre chien, bon sang !
Je l'ai laissé partir sans lui arracher les yeux, j'ai
refermé la porte tout doucement et maintenant je
suis là, je suis devant vous, devant mes gamines. J'assure. J'assure, vous comprenez ? Vous comprenez ce
mot-là ? Qui a entendu mes youyous de désespoir,
qui ? Alors ne me faites pas pitié maintenant avec vos

petites contrariétés. Vous ne voulez pas que je parte… Oh, Pierre… Je vais être obligée de vous désobéir… Oh, comme je le regrette… Comme je…

Il avait attrapé mes poignets et les serrait de toutes ses forces. Il tenait mes bras immobiles.

— Lâchez-moi! Vous me faites mal! Vous me faites tous mal dans cette famille! Pierre, lâchez-moi.

À peine avait-il desserré son étreinte que ma tête tombait sur son épaule.

— Vous me faites tous mal…

Je pleurais dans son cou oubliant à quel point il devait être mal à l'aise, lui qui ne touchait jamais personne, je pleurais en pensant quelquefois à mes spaghettis qui allaient être immangeables si je n'allais pas les décoller. Il disait «Allons, allons…» Il disait «Je te demande pardon.» Il disait encore «J'ai autant de chagrin que toi…» Il ne savait plus quoi faire de ses mains.

Finalement il s'est écarté pour mettre le couvert.

—À toi, Chloé.

J'ai cogné mon verre contre le sien.

— Oui, à moi, ai-je répété dans un sourire tout de travers.

— Tu es une fille formidable.

— Oui, formidable. Et puis solide, courageuse... Quoi d'autre encore ?

— Drôle.

— Ah oui, j'allais oublier, drôle.

— Mais injuste.

— ...

— Tu es injuste, n'est-ce pas ?

— ...

— Tu penses que je n'aime que moi ?

— Oui.

— Alors tu n'es pas injuste, tu es bête.

Je lui tendais mon verre.

— Oui, ça, je le savais... Donnez-moi encore de ce merveilleux liquide.

— Tu penses que je suis un vieux con ?

— Oui.

Je hochais la tête. Je n'étais pas mauvaise, j'étais malheureuse.

Il a soupiré.

— Pourquoi je suis un vieux con ?

— Parce que vous n'aimez personne. Vous ne vous laissez jamais aller. Vous n'êtes jamais là. Jamais au milieu de nous. Jamais dans nos conversations et nos bêtises, jamais dans notre médiocrité de banquet. Parce que vous n'êtes pas tendre, parce que vous vous taisez toujours et que votre mutisme ressemble à du dédain. Parce que...

— Stop, stop, ça ira, merci.

— Excusez-moi, je réponds à votre question. Vous me demandez pourquoi vous êtes un vieux con, je vous réponds. Ceci étant dit, je ne trouve pas que vous soyez si vieux que ça...

— Tu es trop aimable...

— Je vous en prie.

Je lui montrais mes dents pour lui sourire tendrement.

— Mais si j'étais comme tu le dis, pourquoi t'aurais-je amenée ici alors ? Pourquoi tout ce temps passé avec vous et...

— Parce que, vous le savez très bien...

— Parce que quoi ?

— Parce que votre sens de l'honneur. Cette coquetterie des bonnes familles. Depuis sept ans que je traîne dans vos pattes, c'est bien la première fois que vous vous intéressez à moi... Je vais vous dire ce que je pense. Je ne vous trouve ni bienveillant, ni charitable. Je suis lucide. Votre fils a fait une bêtise et vous, vous passez derrière, vous nettoyez, vous colmatez. Vous allez essayer de reboucher les lézardes comme vous pourrez. Parce que vous n'aimez pas ça les lézardes, hein, Pierre ? Oh non ! vous n'aimez pas ça du tout...

« Je vais vous dire, je pense que vous m'avez amenée ici pour sauver les apparences. Le petit a gaffé, bon, on serre les dents et on arrange les choses sans faire de commentaires. Dans le temps, vous alliez glisser une pièce aux bouseux quand la G.T.I. du petit merdeux avait encore mordu sur leurs semis et aujourd'hui vous aérez la belle-fille. J'attends le moment où vous allez prendre votre air douloureux pour m'annoncer que je peux compter sur vous. Financièrement, j'entends. Vous êtes un peu dans l'embarras, n'est-ce pas ? Une grande fille comme moi, c'est plus compliqué à dédommager qu'un champ de betteraves...

Il se levait.

— Alors oui... C'était vrai... Tu es bête. Quelle affreuse découverte...

« Tiens, donne-moi ton assiette.

Il était derrière mon dos.

— Tu me blesses à un point que tu n'imagines même pas. Plus que ça encore, tu me saignes. Mais, je te rassure, je ne t'en veux pas, je mets tout cela sur le compte de ton chagrin...

Il a posé une assiette fumante devant moi.

— Mais il y a une chose, quand même, que je ne peux pas te laisser dire impunément, une seule chose...

— Laquelle ? fis-je en levant les yeux.

— Ne parle pas de betteraves s'il te plaît. Je te défie de trouver le moindre champ de betteraves à des kilomètres à la ronde...

Il était content de lui et plein de malice.

— Hum, c'est bon... Vous allez me regretter comme cuisinière pas vrai ?

— Comme cuisinière, oui, mais pour le reste, merci bien... Tu m'as coupé l'appétit...

— Non ? !

— Non.

— Vous m'avez fait peur !

— Il en faudrait plus que ça pour m'empêcher de goûter à ces merveilleuses pâtes...

Il a planté sa fourchette dans son assiette, et a soulevé un amas de spaghettis soudés.

— Humm, comment dit-on déjà ?... *Al dente*...

Je riais.

— J'aime quand tu ris.

Nous sommes restés sans parler un long moment.

— Vous êtes fâché ?

— Non, pas fâché, indécis plutôt...

— Je suis désolée.

— Tu vois, j'ai l'impression de me trouver devant quelque chose d'inextricable. Une sorte de nœud... Énorme...

— Je voul...

— Tais-toi, tais-toi. Laisse-moi parler. Il faut que je démêle tout ça maintenant. C'est très important. Je ne sais pas si tu peux me comprendre

58

mais il faut que tu m'écoutes. Je dois tirer sur un fil, mais lequel ? Je ne sais pas. Je ne sais pas par quoi ni par où commencer. Mon Dieu, c'est si compliqué… Si je tire sur le mauvais, ou si je tire trop fort, le nœud risque de se resserrer encore. De se resserrer si fort ou si mal qu'il n'y aura plus rien à faire et je te quitterai accablé. Car vois-tu, Chloé, ma vie, toute ma vie est comme ce poing serré. Je suis là, devant toi, dans cette cuisine. J'ai soixante-cinq ans. Je ne ressemble à rien. Je suis ce vieux con que tu secouais tout à l'heure. Je n'ai rien compris, je ne suis jamais monté au sixième étage. J'ai eu peur de mon ombre et me voilà maintenant, me voilà devant l'idée de ma mort et… Non, je t'en prie, ne m'interromps pas… Pas maintenant. Laisse-moi ouvrir ce poing. Un tout petit peu.

Je nous resservais à boire.

— Je vais commencer par le plus injuste, le plus cruel… C'est-à-dire, toi…

Il s'était laissé aller contre son dossier.

— La première fois que je t'ai vue, tu étais toute bleue. Je me souviens, j'étais impressionné. Je te revois encore dans l'encadrement de cette porte… Adrien te soutenait et tu m'as tendu une main complètement recroquevillée par le froid. Tu ne pouvais pas me saluer, tu ne pouvais pas parler, j'avais donc pressé ton bras en signe de bienvenue et je revois encore les marques blanches que mes doigts avaient imprimées sur ton poignet. À Suzanne qui s'affolait déjà, Adrien avait répondu en riant : « Je vous ai ramené la Schtroumpfette ! » Ensuite, il t'a portée à l'étage et t'a immergée dans un bain brûlant. Combien de temps y es-tu restée ? Je ne m'en souviens pas, je me souviens juste d'Adrien qui répétait à sa mère « Du calme, Maman, du calme ! Dès qu'elle est cuite, nous passons à table ». Parce que c'est vrai, nous avions faim, enfin, moi en tout cas, j'avais faim. Et tu me connais, tu sais comment sont les vieux cons quand ils ont faim… J'allais ordonner qu'on dîne sans vous attendre quand tu es arrivée, les cheveux mouillés et le sourire timide dans un vieux peignoir de Suzanne.

« Cette fois, tes joues étaient rouges, rouges, rouges…

« Pendant le repas, vous nous aviez raconté que vous vous étiez retrouvés dans la file d'attente d'un cinéma pour voir *Un dimanche à la campagne* et qu'il n'y avait plus de place et qu'Adrien, crâneur – c'est de famille – t'avait proposé un dimanche à la campagne justement, devant sa moto. Que c'était à prendre ou à laisser et que tu avais pris, ce qui expliquait ton état de congélation avancée puisque tu avais quitté Paris en tee-shirt sous ton imperméable. Adrien te mangeait des yeux et ce devait être difficile pour lui car tu gardais la tête toujours baissée. On voyait une fossette quand il parlait de toi, on imaginait donc que tu nous souriais… Je me souviens aussi que tu portais d'incroyables baskets…

— Des Converse jaunes, c'est vrai !

— Oui, c'est vrai. C'est pour ça, tu peux toujours critiquer celles que j'ai offertes à Lucie l'autre jour… Tiens, il faudra que je lui dise, d'ailleurs… Ne l'écoute pas, ma chérie, quand j'ai connu ta mère, elle portait des baskets jaunes avec des lacets rouges…

— Vous vous souvenez aussi des lacets ?

— Je me souviens de tout, Chloé, de tout, tu m'entends ? Des lacets rouges, du livre que tu lisais le lendemain sous le cerisier pendant qu'Adrien déboulonnait son engin…

— C'était quoi ?

— *Le Monde selon Garp*, non ?

— Exact.

— Je me souviens que tu avais proposé à Suzanne de débroussailler le petit escalier qui menait à l'ancienne cave. Je me souviens des regards enamourés qu'elle te lançait en te voyant t'échiner au-dessus des ronces. On pouvait lire « Belle-fille ? Belle-fille ? » qui clignotait en lettres de feu devant ses yeux. Je vous avais emmenés au marché de Saint-Amand, tu avais acheté des fromages de chèvre et puis nous avions bu un Martini sur la place. Tu lisais un article, sur Andy Warhol je crois, pendant que nous bousculions le flipper, Adrien et moi…

— C'est hallucinant, comment faites-vous pour vous rappeler tout ça ?

— Euh… je n'ai pas beaucoup de mérite… C'était une des rares fois où nous partagions quelque chose…

— Vous voulez dire, avec Adrien ?

— Oui…

— Oui.

Je me suis levée pour prendre le fromage.

— Non, non, ne change pas les assiettes, ce n'est pas la peine.

— Mais si ! Je sais que vous détestez manger votre fromage dans la même assiette.

— Je déteste ça, moi ? Oh... C'est vrai... Encore un truc de vieux con, non ?

— Euh... oui, je crois...

Il m'a tendu son assiette en grimaçant.

— Garce.

Fossettes.

— Je me souviens de votre mariage, bien sûr... Tu étais à mon bras et tu étais si belle. Tu te tordais les chevilles. Nous traversions cette même place de Saint-Amand quand tu m'as glissé à l'oreille : « Vous devriez m'enlever, je jetterais ces maudites chaussures par la fenêtre de votre voiture et nous irions manger des coquillages chez Yvette... » Cette boutade m'avait donné le vertige. Je serrais mes gants. Tiens, sers-toi d'abord...

— Allez-y, allez-y...

— Qu'est-ce que je pourrais te dire d'autre encore ?... Je me souviens qu'un jour, nous nous étions donné rendez-vous au café en bas de mon bureau pour que je récupère une louche ou je ne sais plus quoi que Suzanne t'avait prêtée. J'avais dû te paraître désagréable ce jour-là, j'étais pressé, soucieux... Je suis parti avant même que tu aies bu ton thé. Je te posais des questions sur ton travail et n'écoutais probablement pas les réponses, enfin, bref... Eh bien, le soir même, à table, quand Suzanne m'a demandé « quoi de neuf ? » sans y croire, je lui ai répondu : « Chloé est enceinte. – Elle te l'a dit ? – Non. D'ailleurs je ne suis pas sûr qu'elle le sache elle-même... » Suzanne avait haussé les épaules et levé les yeux au ciel mais j'avais raison. Quelques semaines plus tard, vous nous annonciez la bonne nouvelle...

— Comment vous aviez deviné?

— Je ne sais pas… Il m'avait semblé que ta carnation avait changé, que ta fatigue venait d'ailleurs…

— …

— Je pourrais continuer comme ça longtemps. Tu vois, tu es injuste. Qu'est-ce que tu disais déjà? Que depuis tout ce temps, toutes ces années, je ne m'étais jamais intéressé à toi… Ooooh, Chloé, j'espère que tu as honte.

Il me faisait les gros yeux.

— Par contre, je suis égoïste, là tu as raison. Je te dis que je ne veux pas que tu partes, parce que je ne veux pas que tu partes. Je pense à moi. Tu m'es plus proche que ma propre fille. Ma propre fille ne me dira jamais que je suis un vieux con, elle se contente de penser que je suis un con tout court!

Il s'était levé pour attraper le sel.

— Mais… Qu'est-ce que tu as?

— Rien. Je n'ai rien.

— Mais si, tu pleures.

— Mais non, je ne pleure pas. Regardez, je ne pleure pas.

— Mais si, tu pleures! Tu veux un verre d'eau?

— Oui.

— Oh, Chloé… Je ne veux pas que tu pleures. Ça me rend malheureux.

— Et voilà! Encore vous! Vous êtes incorrigible…

J'essayais de prendre un ton badin, mais des bulles de morve sortaient de mon nez, c'était pitoyable.

Je riais. Je pleurais. Ce vin ne m'égayait pas du tout.

— Je n'aurais pas dû te parler de tout ça…

— Si, si. Ce sont mes souvenirs aussi… Il faut juste que je m'y fasse un peu. Je ne sais si vous vous rendez bien compte, mais la situation est très nouvelle pour moi… Il y a quinze jours, j'étais encore une mère de famille tout confort. Je feuilletais mon agenda dans le métro pour organiser des dîners et je me limais les ongles en pensant aux vacances. Je me disais : « Est-ce qu'on emmène les filles ou est-ce qu'on part tous les deux ? » Enfin, vous voyez le genre de dilemme…

« Je me disais aussi : "On devrait chercher un autre appartement, celui-là est bien, mais il est trop sombre…" J'attendais qu'Adrien aille mieux pour lui en parler parce que je voyais bien qu'il n'était pas dans son assiette ces derniers temps… Irritable, susceptible, fatigué… Je me faisais du souci pour lui, je me disais : "Mais ils vont me le tuer dans cette boîte de fous, c'est quoi ces horaires débiles ?"

Il s'était tourné vers le feu.

— Tout confort mais pas très finaude, hein ?

« Je l'attendais pour dîner. J'attendais des heures. Souvent même, je m'endormais en l'attendant… Il finissait par rentrer, la mine défaite et la queue entre les jambes. Je me dirigeais vers la cuisine en m'étirant. Je m'activais. Il n'avait pas faim, bien sûr, il avait cette décence de n'avoir plus d'appétit. Ou peut-être qu'ils grignotaient avant ? Peut-être…

« Que ça devait lui coûter de s'asseoir en face de moi ! Comme je devais être lourde avec ma gaieté ordinaire et mes romans-feuilletons sur la vie du

64

square Firmin-Gédon. Quel supplice pour lui quand j'y pense... Lucie a perdu une dent, ma mère ne va pas bien, la jeune fille au pair polonaise du petit Arthur sort avec le fils de la voisine, j'ai terminé mon marbre ce matin, Marion s'est coupé les cheveux c'est affreux, la maîtresse veut des boîtes d'œufs, tu as l'air fatigué, prends une journée de congé, donne-moi la main, tu reprendras des épinards ? Le pauvre... quel supplice pour un homme infidèle mais scrupuleux. Quel supplice... Mais je ne voyais rien. Je n'ai rien vu venir, vous comprenez ? Comment peut-on être si aveugle ? Comment ? Soit j'étais totalement abrutie, soit j'avais totalement confiance. Ce qui revient au même manifestement...

Je basculai en arrière.

— Ah, Pierre... Quelle cochonnerie cette vie...

— Il est bon, hein ?

— Très. Dommage qu'il tienne si peu ses promesses...

— C'est la première fois que j'en bois.

— Moi aussi.

— C'est comme ton rosier, je l'avais acheté pour l'étiquette...

— Oui. Quelle cochonnerie... C'est n'importe quoi.

— Mais tu es jeune encore...

— Non, je suis vieille, je me sens vieille. Je suis toute cabossée. Je sens que je vais devenir méfiante. Je vais regarder ma vie à travers un judas. Je n'ouvrirai plus la porte. Reculez. Montrez patte blanche. C'est bien, l'autre maintenant. Prenez les patins. Restez dans l'entrée. Ne bougez plus.

— Non, tu ne deviendras jamais cette femme-là. Quand bien même tu le voudrais que tu ne pourrais pas. Les gens continueront à entrer dans ta vie comme dans un moulin, tu souffriras encore et c'est très bien comme ça. Je ne me fais pas de souci pour toi.

— Non, bien sûr...

— Bien sûr quoi?

— Vous ne vous faites pas de souci pour moi. Vous ne vous en faites pour personne de toute façon...

— C'est vrai, tu as raison. Je ne sais pas me pencher.

— Pourquoi?

— Je ne sais pas. Parce que les autres ne m'intéressent pas, je suppose...

— ... sauf Adrien.

— Adrien quoi?

— Je pense à lui.

— Vous vous faites du souci pour Adrien?

— Oui, je crois... Oui.

« C'est pour lui que je m'en fais le plus en tout cas...

— Pourquoi?

— Parce qu'il est malheureux.

Je tombais des nues.

— Alors ça, c'est la meilleure! Il n'est pas malheureux du tout... Au contraire, il est très heureux! Il a échangé une femme cabossée et ennuyeuse contre une première main amusante. Sa vie est beaucoup plus drôle aujourd'hui, vous savez.

66

Je relevai ma manche.

— Tiens, quelle heure est-il par exemple ?

« Dix heures moins le quart. Où est-il notre petit martyr ? Où est-il ? Au cinéma ou au théâtre, peut-être ? Ou bien il dîne quelque part. Ils doivent avoir terminé leurs entrées maintenant… il lui triture la paume en rêvant à plus tard. Attention, le plat arrive, elle reprend sa main et lui rend son sourire. Ou bien ils sont au lit… Ce qui est le plus probable, non ? Au début, on fait beaucoup l'amour si je me souviens bien…

— Tu es cynique.

— Je me protège.

— Quoi qu'il fasse, il est malheureux.

— À cause de moi, vous voulez dire ? Je lui gâcherais son plaisir ? Oh, l'ingrate…

— Non. Pas à cause de toi, à cause de lui. À cause de cette vie, qui ne fait rien comme on le lui demande. Nos efforts sont dérisoires…

— Vous avez raison, le pauvre chéri…

— Tu ne m'écoutes pas.

— Non.

— Pourquoi tu ne m'écoutes pas ?

Je mordais dans mon bout de pain.

— Parce que vous êtes un bulldozer, vous détruisez tout sur votre passage. Mon chagrin vous… Vous quoi déjà ? Vous encombre et vous agacera bientôt, je le sais bien. Et puis cette histoire de lien du sang… Cette notion débile… Vous avez été infoutu de serrer vos gamins dans vos bras, de leur dire une seule fois que vous les aimiez, mais à côté de ça, je sais que vous prendrez toujours leur défense. Quoi qu'ils disent, quoi qu'ils fassent, ils auront toujours raison face aux barbares que nous sommes. Nous qui ne portons pas le même nom que vous.

« Vos enfants ne vous ont pas donné tellement de motifs de satisfaction on dirait, mais vous êtes le seul à pouvoir les critiquer. Le seul ! Adrien s'est barré en me plantant là avec les filles. Bon, ça aussi, ça vous contrarie, mais je n'espère plus vous entendre proférer quelques mots durs. Quelques mots durs... ça ne changerait rien, mais ça me ferait tellement plaisir. Tellement plaisir, si vous saviez... Oui, c'est minable... Je suis minable. Mais, quelques mots bien sentis, bien cinglants, comme vous savez si bien les dire... Pourquoi pas pour lui ? Je les mérite après tout. J'attends la condamnation du patriarche assis au bout de la table. Depuis toutes ces années que je vous écoute départager le monde. Les bons et les méchants, ceux qui méritent votre estime et ceux qui ne la méritent pas. Depuis toutes ces années que je me cogne vos discours, votre autorité, vos moues de Commandeur, vos silences... Tout ce chiqué. Tout ce chiqué... Depuis le temps que vous nous gonflez, Pierre...

« Vous savez, je suis une âme simple et j'ai besoin de vous entendre dire : mon fils est un salaud et je te demande pardon. J'en ai besoin, vous comprenez ?

— Ne compte pas sur moi.

J'ai pris nos assiettes.
— Je ne comptais pas sur vous.

— Vous voulez un dessert ?
— Non.

68

— Vous ne voulez rien ?

— Donc c'est fichu… J'ai dû tirer sur le mauvais fil…

Je ne l'écoutais plus.

— Le nœud s'est encore resserré et nous voilà plus éloignés que jamais. Alors je suis un vieux con… Un monstre… Et puis quoi encore ?

Je cherchais l'éponge.

— Et puis quoi encore ?!

Je l'ai regardé droit dans les yeux.

— Écoutez, Pierre, pendant des années j'ai vécu avec un homme qui ne tenait pas debout parce que son père ne l'avait jamais épaulé correctement. Quand j'ai connu Adrien, il n'osait rien de peur de vous décevoir. Et tout ce qu'il entreprenait me déprimait parce que ce n'était jamais pour lui qu'il le faisait, c'était pour vous. Pour vous épater ou vous emmerder. Vous provoquer ou vous faire plaisir. C'était pathétique. J'avais à peine vingt ans et j'ai délaissé toute ma vie pour lui. Pour l'écouter et lui caresser la nuque quand il se confiait enfin. Je ne regrette rien, je ne pouvais pas faire autrement de toute façon. Ça me rendait malade qu'un garçon comme lui se dénigre à ce point. Nous avons passé des nuits entières à tout démêler et à faire la part des choses. Je l'ai secoué. Je lui ai dit mille fois que c'était trop facile son histoire. Que c'était trop facile ! Nous avons pris de bonnes résolutions et nous les avons piétinées, nous en avons trouvé d'autres et finalement, j'ai arrêté mes études pour qu'il puisse reprendre les siennes. J'ai retroussé mes manches et pendant trois ans, je l'ai déposé à la fac avant d'aller perdre mon temps dans les sous-sols du Louvre. C'était un accord entre nous : je ne me plaignais pas à condition qu'il ne me parle plus de vous. Je n'ai pas de mérite. Je ne lui ai jamais dit qu'il était le meilleur. Je l'ai juste aimé. Ai-mé. Vous voyez de quoi je parle ?

— ...

— Alors, vous comprenez que je l'aie un peu mauvaise aujourd'hui...

Je passais l'éponge autour de ses mains posées sur la table.

— La confiance est revenue, le fils prodigue a mué. Il a mené sa barque comme un grand et le voilà maintenant qui abandonne sa vieille peau sous l'œil attendri du méchant papa. Avouez que c'est un peu rude, non ?

— ...

— Vous ne dites rien ?

— Non. Je vais me coucher.

J'ai mis la machine en marche.

— C'est ça, bonne nuit.

*

Je me mordais les joues.

Je gardais pour moi des choses affreuses.

J'ai pris mon verre et je suis allée m'asseoir sur le canapé. J'ai retiré mes chaussures et je me suis recroquevillée sous les coussins. Je me suis relevée pour prendre la bouteille sur la table. J'ai secoué le feu, éteint la lumière et je suis revenue m'enterrer tranquillement.

Je regrettais de n'être pas encore soûle.

Je regrettais d'être là.

Je regrettais… Je regrettais tellement de choses. Tellement de choses…

J'ai posé ma tête sur l'accoudoir et fermé les yeux.

— Tu dors ?
— Non.

Il est allé se servir un verre et s'est assis sur le fauteuil d'à côté.

Le vent soufflait toujours. Nous étions dans l'obscurité. Nous regardions le feu.

De temps en temps, l'un de nous buvait et l'autre l'imitait.

Nous n'étions ni bien, ni mal. Nous étions fatigués.

Au bout d'un très long moment il a dit :
— Tu sais, je ne serais pas celui que tu dis que je suis devenu si j'avais été plus courageux...
— Pardon ?
Je regrettais déjà de lui avoir répondu. Je ne voulais plus parler de tout ce merdier. Je voulais qu'on me laisse tranquille.
— On parle toujours du chagrin de ceux qui restent mais as-tu déjà songé à celui de ceux qui partent ?

Oh là, là, me disais-je, mais qu'est-ce qu'il va encore me prendre la tête avec ses théories, le vieux schnoque?

Je cherchais mes chaussures du regard.

— On en reparlera demain, Pierre, je vais... J'en ai marre.

— Le chagrin de ceux par qui le malheur arrive... Ceux qui restent, on les plaint, on les console, mais ceux qui partent?

— Mais qu'est-ce qu'ils veulent en plus, m'emportai-je, une couronne? Un mot d'encouragement?!

Il ne m'entendait pas.

— Le courage de ceux qui se regardent dans la glace un matin et articulent distinctement ces quelques mots pour eux seuls: «Ai-je le droit à l'erreur?» Juste ces quelques mots... Le courage de regarder sa vie en face, de n'y voir rien d'ajusté, rien d'harmonieux. Le courage de tout casser, de tout saccager par... par égoïsme? Par pur égoïsme? Mais non, pourtant... Alors qu'est-ce? Instinct de survie? Lucidité? Peur de la mort?

«Le courage de s'affronter. Au moins une fois dans sa vie. De s'affronter, soi. Soi-même. Soi seul. Enfin.

«"Le droit à l'erreur", toute petite expression, tout petit bout de phrase, mais qui te le donnera?

«Qui, à part toi?

Ses mains tremblaient.

— Moi, je ne me le suis pas donné... Je ne me suis donné aucun droit. Que des devoirs. Et voilà ce que je suis devenu : un vieux con. Un vieux con aux yeux d'une des rares personnes pour lesquelles je nourris un peu d'estime. Quel fiasco...

« J'ai eu beaucoup d'ennemis. Je ne m'en vante pas, je ne m'en plains pas non plus, je m'en contre-fous. Mais des amis... Des gens auxquels j'ai eu envie de plaire ? Si peu, si peu... Toi entre autres. Toi, Chloé, parce que tu es si douée pour la vie. Parce que tu l'empoignes à bout de bras. Tu bouges, tu danses, tu sais faire la pluie et le beau temps dans une maison. Tu as ce don merveilleux de rendre les gens heureux autour de toi. Tu es si à l'aise, si à l'aise sur cette petite planète...

— J'ai l'impression que nous ne parlons pas de la même personne...

Il ne m'a pas entendue.

Il se tenait droit. Il ne parlait plus. Il n'avait pas croisé ses jambes. Son verre était posé sur ses cuisses.

Je ne distinguais pas son visage.

Son visage était dans l'ombre du fauteuil.

— J'ai aimé une femme... Je ne te parle pas de Suzanne, je te parle d'une autre femme.

J'avais rouvert les yeux.

— Je l'ai aimée plus que tout. Plus que tout...

« Je ne savais pas qu'on pouvait aimer à ce point... Enfin, moi en tout cas, je croyais que je n'étais pas... *programmé* pour aimer de cette façon. Les déclarations, les insomnies, les ravages de la passion, c'était bon pour les autres tout ça. D'ailleurs, le seul mot de passion me faisait ricaner. La passion, la passion ! Je mettais ça entre hypnose et superstition, moi... C'était presque un gros mot dans ma bouche. Et puis, ça m'est tombé dessus au moment où je m'y attendais le moins. Je... J'ai aimé une femme.

« Je suis tombé amoureux comme on attrape une maladie. Sans le vouloir, sans y croire, contre mon gré et sans pouvoir m'en défendre, et puis...

Il se raclait la gorge.

— Et puis je l'ai perdue. De la même manière.

Je ne bougeais plus. Une enclume venait de me tomber sur la tête.

— Elle s'appelait Mathilde. Elle s'appelle toujours Mathilde d'ailleurs. Mathilde Courbet. Comme le peintre...

« J'avais quarante-deux ans et je me trouvais vieux déjà. Je me suis toujours trouvé vieux de toute façon. C'est Paul qui était jeune. Paul sera toujours jeune et beau.

« Moi, je suis Pierre. Le besogneux, le laborieux.

« À dix ans, j'avais déjà le visage que j'ai aujourd'hui. La même coupe de cheveux, les mêmes lunettes, les mêmes gestes, les mêmes petites manies. À dix ans, je changeais déjà mon assiette au moment du fromage, j'imagine...

Je lui souriais dans le noir.

— Quarante-deux ans... Qu'attend-on de la vie à quarante-deux ans ?

« Moi, rien. Je n'attendais rien. Je travaillais. Encore et encore et toujours. C'était ma tenue de

76

camouflage, mon armure, mon alibi. Mon alibi pour ne pas vivre. Parce que je n'aimais pas tellement ça, vivre. Je croyais que je n'étais pas doué pour ça.

« Je m'inventais des difficultés, des montagnes à gravir. Très hautes. Très escarpées. Et puis je remontais mes manches. Je les gravissais et j'en inventais d'autres. Je n'étais pas ambitieux pourtant, j'étais sans imagination.

Il a bu une gorgée.

— Je... Je ne savais pas tout ça, tu sais... C'est Mathilde qui me l'a appris. Oh, Chloé... Comme je l'aimais... Comme je l'aimais... Tu es toujours là ?
— Oui.
— Tu m'écoutes ?
— Oui.
— Je t'embête ?
— Non.
— Tu vas t'endormir ?
— Non.

Il s'était levé pour remettre une bûche. Il est resté accroupi devant la cheminée.

— Tu sais ce qu'elle me reprochait ? Elle me reprochait d'être trop bavard. Tu te rends compte ? Moi... Trop bavard ! C'est incroyable, non ? Mais c'était vrai pourtant... Je posais ma tête sur son ventre et je parlais. Je parlais pendant des heures. Des jours entiers, même. J'entendais le son de ma voix devenue si grave sous sa peau et j'aimais ça. Un vrai moulin à paroles... Je la soûlais. Je la noyais. Elle riait. Elle me disait, mais, chut, ne parle pas tant, je ne t'entends plus. Pourquoi est-ce que tu parles comme ça ?

« J'avais quarante-deux ans de silence à rattraper. Quarante-deux années que je me taisais, que je gardais tout pour moi. Qu'est-ce que tu disais tout à l'heure ? Que mon mutisme ressemblait à du dédain, c'est ça ? C'est blessant, mais je peux le comprendre, je peux comprendre les reproches qui me sont adressés. Je peux les comprendre, mais je n'ai pas envie de m'en défendre. C'est bien là le problème d'ailleurs… Mais, du dédain, je ne crois pas. Si inouï que cela puisse te sembler, je crois que mon mutisme ressemble plutôt à de la timidité. Je ne m'aime pas assez pour accorder une quelconque importance à mes propos. Tourne sept fois ta langue dans ta bouche, dit l'expression. Moi, je la tourne toujours une fois de trop. Je suis décourageant pour les autres… Je ne m'aimais pas avant Mathilde et je m'aime encore moins depuis. Je suppose que je suis dur à cause de ça…

Il s'était rassis.

— Je suis dur dans le travail, mais là, c'est parce que je joue un rôle, tu comprends ? Je suis obligé d'être dur. Obligé de leur faire croire que je suis une terreur. Tu imagines s'ils perçaient mon secret ? S'ils apprenaient que je suis timide ? Que je suis obligé de travailler trois fois plus que les autres pour arriver au même résultat ? Que j'ai une mauvaise mémoire ? Que je suis lent à la comprenette ? Tu te rends compte ? Mais s'ils savaient tout cela, ils me boufferaient tout cru !

« Et puis je ne sais pas me faire aimer… Je n'ai pas de charisme, comme on dit. Si j'annonce une augmentation, je prends un ton cassant, si l'on me remercie, je ne réponds pas, quand je veux faire un petit geste, je m'en empêche et si j'ai une bonne nouvelle à répandre, je charge Françoise de cette tâche. Sur le plan du management, des ressources humaines, comme ils disent aussi, je suis une calamité. Une véritable calamité.

« C'est Françoise justement qui m'avait inscrit contre mon gré à une espèce de stage pour patrons ringards. Quelles foutaises… Deux jours enfermés au Concorde La Fayette de la porte Maillot à ingurgiter la bouillie démagogique d'une psy et d'un Américain surexcité. Il vendait son bouquin à la fin. *Be the Best and Work in Love* ça s'appelait. Mon Dieu, quelle fumisterie quand j'y repense…

« À la fin du stage, je me souviens, on nous avait distribué un diplôme de gentil patron compréhensif. Je l'ai offert à Françoise qui l'a punaisé dans le placard où l'on rangeait les produits d'entretien et les rouleaux de P.Q.

« "C'était bien ? m'a-t-elle demandé.

— C'était affligeant."

« Elle a souri.

« "Écoutez, Françoise, ai-je ajouté, vous qui êtes ici comme Dieu le Père, dites à ceux que ça intéresse que je ne suis pas aimable mais qu'ils ne perdront jamais leur place parce que je suis très fort en calcul mental.

— Amen", avait-elle murmuré en baissant la tête.

« Mais c'était vrai. En vingt-cinq ans de tyrannie, je n'ai subi aucune grève et je n'ai jamais licencié personne. Même quand ça a été si difficile au début des années 90, je n'ai licencié personne. Personne, tu m'entends ?

— Et Suzanne ?

— …

— Pourquoi vous êtes si dur avec elle ?

— Tu me trouves dur ?

— Oui.

— Dur comment ?

— Dur.

Il avait de nouveau posé sa tête sur le fauteuil.

— Quand Suzanne s'est rendu compte que je la trompais, je ne la trompais plus depuis longtemps. J'avais… Je te raconterai ça plus tard… À l'époque, nous vivions rue de la Convention. Je n'aimais pas cet appartement. Je n'aimais pas la façon dont elle l'avait décoré. J'étouffais là-dedans. Trop de meubles, trop de bibelots, trop de photos de nous, trop de tout. Je te dis ça, ça n'a aucun intérêt… Je venais dans cet appartement pour y dormir, et parce que ma famille y vivait. Point. Un soir, elle m'a demandé de l'emmener dîner. Nous sommes allés en bas de la maison. Une espèce de pizzeria minable. La lumière des néons lui donnait une mine épouvantable. Elle qui s'était déjà composé une tête de femme outragée, ça n'arrangeait rien. C'était cruel mais je ne l'avais pas fait exprès, tu sais. J'avais poussé la porte du premier boui-boui venu… Pressentant ce qui allait m'arriver, je n'avais pas envie de me trouver loin de mon lit. Et en effet, ça n'a pas traîné. À peine avait-elle reposé le menu que, déjà, elle éclatait en sanglots.

« Elle savait tout. Que c'était une femme plus jeune. Elle savait depuis combien de temps ça durait et comprenait pourquoi j'étais toujours parti maintenant. Elle ne pouvait plus le supporter. J'étais un monstre. Méritait-elle autant de mépris ? Méritait-

80

elle d'être traitée comme ça ? Comme une souillon ?
Au début, elle avait fermé les yeux. Elle se doutait
bien de quelque chose, mais elle me faisait
confiance. Elle pensait que c'était un coup de tête,
un coup de sang, l'envie de plaire encore. Quelque
chose de rassurant pour ma virilité. Et puis il y avait
mon travail. Mon travail si prenant, si difficile. Et
elle, elle était tout accaparée par l'aménagement de
la nouvelle maison. Elle ne pouvait pas tout gérer
d'un coup. Elle ne pouvait pas être sur tous les
fronts en même temps ! Elle me faisait confiance !
Après il y avait eu ma maladie et elle avait fermé les
yeux. Mais, là, maintenant, elle ne pouvait plus le
supporter. Non, elle ne pouvait plus me supporter.
Mon égoïsme, mon mépris, la façon dont... À ce
moment-là, le serveur l'a interrompue, et, en l'espace
d'une demi-seconde, elle avait changé de masque.
En lui souriant, elle lui demandait des précisions sur
les tortellinis je-ne-sais-quoi. J'étais fasciné. Quand
il s'est tourné vers moi, j'ai balbutié un "C... Comme
Madame" affolé. Pas une seconde je n'avais songé à
cette fichue carte, tu penses. Pas une seconde...

« C'est là que j'ai mesuré la force de Suzanne. Sa
force immense. Le rouleau compresseur, c'est elle.
C'est là que j'ai su qu'elle était de très loin la plus
solide et que rien ne pouvait l'atteindre vraiment.
En fait, c'était juste une bête question d'emploi du
temps. Elle venait me chercher des poux dans la
tête parce que sa maison du bord de mer était ter-
minée. Le dernier cadre accroché, la dernière
tringle posée, elle s'était finalement tournée vers
moi et avait été horrifiée par ce qu'elle venait d'y
découvrir.

« Je répondais à peine, me défendais mollement, je te l'ai dit, j'avais déjà perdu Mathilde à ce moment-là…

« Je regardais ma femme s'agiter en face de moi dans une pizzeria minable du quinzième arrondissement de Paris et j'avais coupé le son.

« Elle gesticulait, laissait rouler de grosses larmes sur ses joues, se mouchait et sauçait son assiette. Pendant ce temps, j'enroulais indéfiniment deux ou trois spaghettis autour de ma fourchette sans jamais parvenir à les hisser jusqu'à ma bouche. Moi aussi, j'avais très envie de pleurer mais je me retenais…

— Pourquoi vous vous reteniez ?

— Question d'éducation, je pense… Et puis je me sentais encore si fragile… Je ne pouvais pas prendre le risque de me laisser aller. Pas là. Pas maintenant. Pas avec elle. Pas dans cette gargote sordide. J'étais… Comment te dire… Si friable.

« Elle m'a raconté ensuite qu'elle avait consulté un avocat pour mettre en route une procédure de divorce. J'étais soudain plus attentif. Un avocat ? Suzanne demandant le divorce ? Je n'imaginais pas que les choses étaient allées si loin, qu'elle avait été à ce point blessée… Elle avait vu cette femme, la belle-sœur d'une de ses amies. Elle avait beaucoup hésité mais en rentrant d'un week-end ici, elle avait pris sa décision. Elle l'avait prise dans la voiture sur le chemin du retour alors que je ne lui avais adressé la parole qu'une seule fois pour lui demander si elle avait la monnaie du péage. C'était une espèce de roulette russe conjugale qu'elle avait inventée : si

Pierre me parle, je reste, s'il ne parle pas, je divorce.

« J'étais troublé. Je ne la savais pas si joueuse.

« Elle avait repris des couleurs et me regardait avec plus d'assurance à présent. Bien sûr, elle avait tout déballé. Mes voyages, toujours plus longs, toujours plus nombreux, mon désintérêt de la vie familiale, mes enfants transparents, les carnets de notes que je n'avais jamais signés, les années perdues à tout organiser autour de moi. Pour mon bien-être, pour l'entreprise. Entreprise qui appartenait à sa famille à elle, entre parenthèses, le sacrifice de sa personne. Comment elle s'était occupée de ma pauvre mère jusqu'au bout. Enfin tout, quoi, tout ce qu'elle avait eu besoin de raconter, plus tout ce que les avocats aiment entendre pour pouvoir chiffrer les dégâts.

« Moi aussi je reprenais du poil de la bête, on arrivait en terrain connu. Que voulait-elle ? De l'argent ? Combien ? Qu'elle me fixe un montant, j'avais déjà sorti mon chéquier.

« Mais non, elle me reconnaissait bien là, croyant m'en tirer à si bon compte… J'étais vraiment lamentable… Elle s'était remise à sangloter entre deux bouchées de tiramisu. Pourquoi est-ce que je ne comprenais rien ? Il n'y avait pas que les rapports de force dans la vie. L'argent ne pouvait pas tout acheter. Tout racheter. Est-ce que je faisais semblant de ne rien comprendre ? Avais-je un cœur ? J'étais vraiment lamentable. Lamentable…

« "Mais pourquoi est-ce que tu ne demandes pas le divorce alors ? avais-je fini par lâcher, agacé, je prends toutes les fautes sur moi. Toutes, tu m'entends ? Même le caractère épouvantable de ma mère, je veux bien signer quelque part pour le reconnaître si ça te chante, mais ne t'encombre pas d'un avocat, je t'en prie, dis-moi plutôt combien tu veux."

« Je l'avais piquée au vif.

« Elle a relevé la tête et m'a regardé dans les yeux. C'était la première fois depuis des années que nous nous regardions si longtemps. J'essayais de découvrir quelque chose de nouveau sur ce visage. Notre jeunesse peut-être… Le temps où je ne la faisais pas pleurer. Où je ne faisais pleurer aucune femme, et où l'idée même de bavasser autour d'une table du sentiment amoureux me semblait inconcevable.

« Mais je n'ai rien découvert, seulement la moue un peu triste d'une épouse vaincue qui s'apprêtait à passer aux aveux. Elle n'était pas retournée chez son avocate car elle n'en avait pas le courage. Elle aimait sa vie, sa maison, ses enfants, ses commerçants… Elle avait honte de se l'avouer, et pourtant c'était la vérité : elle n'avait pas le courage de me quitter.

« Pas le courage.

« Je pouvais courir si ça me chantait, je pouvais en sauter d'autres si ça me rassurait, mais, elle, elle ne partirait pas. Elle ne voulait pas perdre ce qu'elle avait conquis. Cet échafaudage social. Nos amis, nos relations, les amis des enfants. Et puis il y avait cette maison toute pimpante dans laquelle nous n'avions encore jamais dormi… C'était un risque qu'elle n'avait pas envie de prendre. Après tout, qu'est-ce que ça pouvait lui faire ? Il y en avait des hommes qui trompaient leur femme… Un paquet même… Elle s'était confiée et avait été déçue par la banalité de son histoire. C'était ainsi. La faute à ce qui nous pendait entre les jambes. Il fallait faire le gros dos et laisser passer l'orage. Elle avait fait le premier pas, mais l'idée de n'être plus madame Pierre Dippel la laissait exsangue. C'était comme ça et c'était tant pis pour elle. Sans les enfants, sans moi, elle ne pesait pas lourd.

« Je lui tendais mon mouchoir. "Ce n'est pas grave, ajouta-t-elle en se forçant à sourire, ce n'est pas grave… Je reste près de toi parce que je n'ai pas trouvé de meilleure idée. Je me suis mal organisée pour une fois. Moi qui prévois toujours tout, là, je… Je me suis laissé déborder, on dirait." Elle souriait en pleurant.

« J'ai tapoté sa main. C'était fini. J'étais là. Je n'étais avec personne d'autre. Personne. C'était fini. C'était fini…

« Nous avons bu nos cafés en commentant le mauvais goût de la décoration et les moustaches du patron.

« Deux vieux amis tout couverts de cicatrices.

« Nous venions de soulever une grosse pierre et de la laisser retomber aussitôt.

« C'était trop affreux ce qui grouillait là-dessous.

« Ce soir-là, dans le noir, j'ai pris Suzanne chastement dans mes bras. Je ne pouvais pas faire plus.

« Ce fut pour moi une nouvelle nuit blanche. Au lieu de me rassurer, ses aveux m'avaient complètement ébranlé. Il faut dire que j'étais si mal à cette époque. Si mal. Si mal. Tout m'écorchait. Je me trouvais vraiment dans une situation affligeante : j'avais perdu celle que j'aimais et venais de comprendre que j'avais aussi esquinté l'autre. Quel tableau… J'avais perdu l'amour de ma vie pour rester avec une femme qui ne me quittait pas à cause de son fromager et de son charcutier. C'était inextricable. C'était du sabotage. Ni Mathilde, ni Suzanne n'avaient mérité ça. J'avais tout raté. Jamais je ne m'étais senti aussi misérable...

« Les médicaments ne devaient rien arranger non plus, c'est sûr, mais si j'avais été plus courageux moi aussi, je me serais pendu cette nuit-là.

Il renversait sa tête en arrière pour finir son verre.

— Mais Suzanne ? Elle n'est pas malheureuse avec vous...

— Tu crois ? Comment tu peux dire une chose pareille ? Elle t'a dit qu'elle était heureuse ?

— Non. Pas comme ça. Ce n'est pas ce qu'elle a dit mais elle me l'a laissé entendre... De toute façon, ce n'est pas le genre de femme à se poser un moment pour se demander si elle est heureuse...

— Non, ce n'est pas le genre en effet... C'est là sa force, d'ailleurs. Mais, tu sais, si j'étais si malheureux cette nuit-là, c'était surtout à cause d'elle. Quand je vois ce qu'elle est devenue... Si dadame, si convenue... Et si tu avais vu quel morceau de fille c'était quand je l'ai rencontrée... Je ne suis pas fier de moi, non, vraiment, il n'y a pas de quoi pavoiser. Je l'ai étouffée. Je l'ai fanée. Pour moi, elle a toujours été celle qui est là. Dans les parages. Sous ma main. Au bout du fil. Avec les enfants. Dans la cuisine. Une espèce de vestale qui dépensait l'argent que je gagnais et faisait tourner notre petit monde dans le confort et sans se plaindre. Je ne l'ai jamais vue plus loin que le bout de mon nez.

86

«Lequel de ses secrets ai-je essayé de percer?
Aucun. L'ai-je jamais questionnée sur elle, son
enfance, ses souvenirs, ses regrets, sa lassitude,
notre vie charnelle, ses espoirs déçus, ses rêves?
Non. Jamais. Rien. Rien ne m'intéressait.

— N'en faites pas trop non plus, Pierre. Vous ne
pouvez pas tout prendre sur vos épaules. L'autofla-
gellation a ses charmes, mais quand même... Vous
n'êtes pas très crédible en saint Sébastien, vous
savez...

— C'est bien, tu ne me passes rien. Tu es ma
petite persifleuse préférée. C'est pour ça que ça
m'ennuie de te perdre. Qui me volera dans les
plumes quand tu ne seras plus là?

— Nous déjeunerons ensemble de temps en
temps...

— Tu me le promets?

— Oui.

— Tu dis ça et puis tu ne le feras pas, j'en suis
sûr...

— Nous fixerons un rite, le premier vendredi de
chaque mois par exemple...

— Pourquoi le vendredi?

— Parce que j'aime le bon poisson! Vous m'em-
mènerez dans de bons restaurants, n'est-ce pas?

— Les meilleurs!

— Ah! J'en suis fort aise... Mais dans longtemps...

— Longtemps?

— Oui.

— Quand?

— ...

— Bien. Je patienterai.

Je remuais une bûche.

— Pour en revenir à Suzanne… Ce côté si dadame comme vous dites, vous n'y êtes pour rien et heureusement. Il y a quand même des choses qu'elle peut revendiquer sans votre sceau. Vous savez, c'est comme ces produits anglais qui fanfaronnent « *by appointment to Her Majesty* ». Suzanne est devenue ce qu'elle est sans avoir eu besoin de votre « *appointment* ». Vous êtes un peu emmerdant, mais vous n'êtes pas tout-puissant quand même ! Ce côté dame patronnesse, coureuse de soldes et fiches cuisine, elle n'a pas eu besoin de vous pour se la fabriquer la panoplie. C'est de nature, comme on dit. Elle a ça dans le sang, ce côté *J'époussette Je commente Je juge et Je pardonne*. C'est épuisant, enfin moi, ça m'épuise, mais c'est le revers de ses médailles, et Dieu sait qu'elle en a des médailles, hein ?

— Oui. Dieu doit le savoir, lui… Tu veux boire quelque chose ?

— Non merci.

— Une tisane peut-être ?

— Non, non. Je préfère m'enivrer tout doucement…

— Bon… eh bien je vais te laisser tranquille.

— Pierre ?

— Oui.

— Je n'en reviens pas.

— De quoi ?

— De tout ce que vous venez de me raconter…

— Moi non plus.

— Et Adrien ?

— Adrien quoi ?

— Vous lui direz ?

88

— Qu'est-ce que je lui dirai ?

— Eh bien… Tout ça…

— Adrien est venu me voir, figure-toi.

— Quand ?

— La semaine dernière et… Je ne lui ai pas parlé. Enfin, je ne lui ai pas parlé de moi, mais je l'ai écouté…

— Qu'est-ce qu'il vous a dit ?

— Ce que je t'ai dit, ce que je savais déjà… Qu'il était malheureux, qu'il ne savait plus où il en était…

— Il est venu se confier à vous ?!

— Oui.

Je me suis remise à pleurer.

— Ça t'étonne ?

Je secouais la tête.

— Je me sens trahie. Même vous. Vous… Je déteste ça. Moi, je ne fais pas ça aux gens, je…

— Calme-toi. Tu mélanges tout. Qui te parle de trahison ? Où est la trahison ? Il est arrivé sans prévenir et dès que je l'ai vu, je lui ai proposé de sortir. J'ai éteint mon portable et nous sommes descendus au parking. Au moment où je mettais le contact, il me l'a dit : « Je vais quitter Chloé. » Je n'ai pas bronché. Nous sommes remontés à l'air libre. Je ne voulais pas lui poser de questions, j'attendais qu'il parle… Toujours ce problème de fils à démêler… Je ne voulais rien brusquer. Je ne savais pas où aller. J'étais un peu secoué moi-même pour tout t'avouer. J'ai pris les Maréchaux et ouvert le cendrier.

— Et alors ? ajoutai-je.

— Alors rien. Il est marié. Il a deux enfants. Il a réfléchi. Il pense que ça vaut…

— Taisez-vous, taisez-vous… Je connais la suite.

Je m'étais levée pour attraper le rouleau de Sopalin.

— Vous devez être fier de lui, hein ? C'est bien, ce qu'il fait, hein ? Ça, c'est un homme au moins ! Un type courageux. Quelle belle revanche il vous offre là ! Quelle belle revanche...

— Ne prends pas ce ton-là.

— Je prends le ton que je veux et je vais vous dire ce que je pense... Vous êtes encore pire que lui. Vous, vous avez tout raté. Oui, sous vos grands airs, vous avez tout raté et vous vous servez de lui, de ses coucheries pour vous réconforter. Je trouve ça minable. Vous m'écœurez tous les deux.

— Tu dis n'importe quoi. Tu le sais, n'est-ce pas ? Tu le sais que tu dis n'importe quoi ?

Il me parlait très doucement.

— Si c'était une affaire de coucheries, comme tu dis, nous n'en serions pas là, tu le sais bien...

— Chloé, parle-moi.

— Je suis la reine des connes... Non. Ne me contredisez pas pour une fois. Ne me contredisez pas, ça me ferait tellement plaisir.

— Je peux te faire un aveu ? Un aveu très difficile ?

— Allez-y, au point où j'en suis...

— Je pense que c'est une bonne chose.

— Une bonne chose de quoi ?

— Ce qui t'arrive là...

— D'être la reine des connes ?

— Non, qu'Adrien s'éloigne. Je pense que tu vaux mieux que ça... Mieux que cette gaieté un peu forcée… Mieux que de te limer les ongles dans le métro en tripotant ton agenda, mieux que le square Firmin-Gédon, mieux que ce que vous étiez devenus tous les deux. C'est choquant, ce que je te dis là, n'est-ce pas ? Et puis de quoi je me mêle, hein ? Oui, c'est choquant, mais tant pis. Je ne peux pas faire semblant, je t'aime trop bien. Je pense qu'Adrien n'était pas à la hauteur. Il avait chaussé un peu grand avec toi. Voilà ce que je pense…

« C'est choquant parce que c'est mon fils et que je ne devrais pas parler de lui comme ça… Oui, je sais. Mais voilà, je suis un vieux con et je me fous des bienséances. Je te le dis parce que j'ai confiance en toi. Tu… Tu n'étais pas si bien aimée. Et si tu étais aussi honnête que moi à cette minute précise de ta vie, tu prendrais un air offusqué bien sûr, mais tu n'en penserais pas moins…

— Vous dites n'importe quoi.

— Nous y voilà. Ton petit air offusqué…

— Vous faites dans la psychanalyse maintenant ?

— Tu ne l'as jamais entendue, cette voix dans ton for intérieur qui te pinçait de temps en temps pour te rappeler que tu n'étais pas si bien aimée que ça ?

— Non.

— Non ?

— Non.

— Bon. Alors je dois me tromper…

Il s'était avancé en s'appuyant sur ses genoux.

— Moi, je pense que tu devrais remonter un jour…

— Remonter d'où ?

— Du troisième sous-sol.

— Vous avez vraiment un avis sur tout, hein ?

— Non. Pas sur tout. Qu'est-ce que c'est que ce travail de grouillot dans les caves d'un musée quand on sait de quoi tu es capable ? C'est du temps perdu. Tu fais quoi ? Des copies ? Des moulages ? Tu bricoles. La belle affaire ! Jusqu'à quand ? Jusqu'à la retraite ? Ne me dis pas que tu es heureuse dans ce trou à rats de fonctionnaires…

— Non, non, ironisai-je, je ne vais pas vous dire ça, rassurez-vous.

— Moi, si j'étais ton amoureux, je t'attraperais par la peau du cou et te remonterais à la lumière. Tu as quelque chose dans les mains et tu le sais. Assume ça. Assume tes dons. Assume cette responsabilité. Moi, je te poserais quelque part et je te dirais: « À toi maintenant. À toi de jouer, Chloé. Montre-nous ce que tu as dans le ventre. »

— Et si je n'ai rien ?

— Eh bien, ce serait l'occasion de le savoir. Et arrête de te mordre la lèvre, tu me fais mal.

— Pourquoi vous avez tant de bonnes idées pour les autres et si peu pour vous-même ?

— J'ai déjà répondu à cette question.

— Qu'est-ce qu'il y a ?
— J'ai cru entendre Marion pleurer…
— Je n'ent…
— Chut…

— Ça va, elle s'est rendormie.
Je me suis rassise en tirant la couverture sur moi.
— Tu veux que j'aille voir ?
— Non, non. Attendons un petit peu.

— Et je mérite quoi, d'après vous, monsieur Je-sais-tout ?

— Tu mérites d'être traitée comme ce que tu es.

— C'est-à-dire ?

— Comme une princesse. Une princesse des Temps modernes.

— Pff… N'importe quoi.

— Oui, je suis prêt à dire n'importe quoi. N'importe quoi du moment que ça te fasse sourire… Souris-moi, Chloé.

— Vous êtes fou.

Il s'était levé.

— Ah… Parfait ! J'aime mieux ça. Tu commences à dire moins de bêtises… Oui, je suis fou, et tu veux que je te dise, même ? Je suis fou et j'ai faim ! Qu'est-ce que je pourrais bien manger comme dessert ?

— Regardez dans le frigidaire. Il faudrait finir les yaourts des filles…

— Où ça ?

— Tout en bas.

— Les petits machins roses ?

— Oui.

— Ce n'est pas mauvais…

Il léchait sa cuillère.

— Vous avez vu comment ça s'appelle ?

— Non.

— Regardez, c'était pour vous.

— *Petits Filous*… C'est malin.

*

— Nous ferions mieux d'aller nous coucher, tu ne crois pas ?

— Oui.

— Tu as sommeil ?

Je me désolais.

— Comment voulez-vous que je dorme avec tout ce que nous remuons ? J'ai l'impression de touiller un gros chaudron...

— Moi, je dénoue ma pelote, toi tu touilles ton chaudron. C'est amusant les images que nous employons...

— Vous le matheux et moi la mémère.

— La mémère ? N'importe quoi. Ma princesse, une mémère... Ah, là, là ! ce que tu as pu dire comme bêtises ce soir.

— Vous êtes pénible, hein ?

— Très.

— Pourquoi ?

— Je ne sais pas. Peut-être parce que je dis ce que je pense. Ce n'est pas si courant... Je n'ai plus peur de n'être pas aimé.

— Et par moi ?

— Oh toi, tu m'aimes, je ne m'en fais pas !

— Pierre ?

— Oui.

— Qu'est-ce qu'il s'est passé avec Mathilde ?

Il m'a regardée. Il a ouvert la bouche et l'a refermée. Il a croisé ses jambes et les a décroisées. Il s'est levé. Il a tisonné le feu et dérangé les braises. Il a baissé la tête et murmuré :

— Rien. Il ne s'est rien passé. Ou si peu. Si peu de jours, si peu d'heures... Presque rien en vérité.

— Vous n'avez pas envie d'en parler ?

— Je ne sais pas.

— Vous ne l'avez jamais revue ?

— Si. Une fois. Il y a quelques années. Dans les jardins du Palais-Royal...

— Et alors ?

— Alors rien.

— Comment vous l'aviez rencontrée ?

— Tu sais... Si je commence, je ne sais pas quand je vais m'arrêter...

— Je vous l'ai dit, je n'ai pas sommeil.

Il s'est mis à examiner le dessin de Paul. Les mots résistaient.

— C'était quand ?

— C'était... Je l'ai vue pour la première fois le 8 juin 1978 vers onze heures du matin heure locale à Hongkong. Nous nous trouvions au vingt-neuvième étage de la tour Hyatt dans le bureau d'un monsieur Singh qui avait besoin de moi pour forer quelque part à Taïwan. Ça te fait sourire ?

— Oui, c'est précis. Elle travaillait avec vous ?

— Elle était ma traductrice.

— Du chinois ?

— Non, de l'anglais.

— Mais vous parlez anglais, vous ?

— Pas bien. Pas assez bien pour traiter ce genre d'affaires, tout cela est tellement subtil. À ce niveau-là, ce n'est plus du langage, c'est de la prestidigitation. Un sous-entendu t'échappe et tu perds vite les pédales. En plus, je ne connaissais pas les termes exacts pour traduire le jargon technique dont nous avions besoin ce jour-là et, pour couronner le tout, je ne me suis jamais fait à l'accent des Chinois. J'ai l'impression d'entendre «ting ting» à la fin de chaque mot. Je parle des mots qu'ils ne mâchonnent pas évidemment.

— Et alors ?

— Alors j'étais dérouté. Je m'attendais à travailler avec un vieux monsieur anglais, un traducteur du cru avec qui Françoise avait minaudé au téléphone, « Vous allez voir, un vrai gentleman... »

« Tu parles ! Me voilà, sous pression, décalé d'une nuit, angoissé, noué, tremblant comme une feuille, et pas le moindre British à l'horizon. C'était un énorme marché, de quoi faire tourner la maison pendant plus de deux ans. Je ne sais pas si tu peux t'en rendre compte...

— Vous vendiez quoi au juste ?

— Des cuves.

— Des cuves ?

— Oui, mais attends... Pas des cuves ordinaires, des...

— Non, non, je m'en fiche ! Continuez !

— Donc, je te disais, j'étais à bout de nerfs. Je travaillais sur ce projet depuis des mois, j'avais investi là-dedans des capitaux énormes. J'avais endetté la boîte et j'y avais laissé mes petites économies aussi. Je pouvais retarder la fermeture d'une usine près de Nancy. Dix-huit bonshommes. J'avais les frères de Suzanne sur le dos et je savais qu'ils m'attendaient au tournant, qu'ils ne me feraient pas de cadeau, ces bons à rien... En plus, j'avais une diarrhée carabinée. Excuse-moi d'être si prosaïque, mais je... Bref, je suis entré dans ce bureau comme on descend dans une arène et quand j'ai compris que c'était entre les mains de... de... de cette créature que je remettais ma vie, j'ai failli tomber dans les pommes.

— Mais pourquoi ?

— Tu sais, c'est un monde très machiste, le pétrole. Maintenant, ça a un peu changé, mais à

l'époque, on ne voyait pas beaucoup de femmes…
— Et puis vous aussi…
— Moi quoi ?
— Vous êtes un peu machiste…
Il ne disait pas non.

— Attends, mais mets-toi à ma place une seconde ! Je m'attendais à serrer la main d'un vieil Anglais flegmatique, un gars rompu aux us et coutumes des colonies avec des moustaches et un costume froissé, et me voilà en train de saluer une jeunette en lorgnant son décolleté… Oh, non, je t'assure, c'était trop pour moi. Je n'avais pas besoin de ça… Le sol se dérobait sous mes pieds. Elle m'expliquait que son Mister Magoo était souffrant, qu'on l'avait dépêchée la veille au soir, et elle me serrait la main très fort pour me donner du courage. Enfin, c'est ce qu'elle m'a dit après, qu'elle m'avait secoué comme un prunier parce qu'elle m'avait trouvé un peu pâlot.
— Il s'appelait vraiment Mister Magoo ?
— Non. Je te dis n'importe quoi.
— Et après ?
— Après je lui ai chuchoté à l'oreille : « Mais vous êtes au courant… Je veux dire des données du problème… C'est assez spécifique… Je ne sais pas si on vous a prévenue… » Et là, elle m'a fait un sourire merveilleux. Un genre de sourire merveilleux qui voulait dire à peu près : Tttt… Ne m'embrouille pas mon bonhomme.
« J'étais anéanti.
« Je m'étais penché sur ce mignon cou. Elle sentait bon. Elle sentait merveilleusement bon… Tout se mélangeait dans ma tête. C'était la catastrophe. Elle était assise en face de moi, à la droite d'un

sémillant Chinois qui me tenait par les parties, si je puis me permettre. Elle avait posé son menton sur ses doigts croisés et me jetait des regards confiants pour me donner du courage. Il y avait quelque chose de cruel dans ces petits sourires en coin, j'étais complètement dans le coaltar mais je m'en rendais bien compte. Je ne respirais plus. Je croisais mes bras sur mon ventre pour retenir ma bidoche et je priais le ciel. J'étais à sa merci. J'allais vivre les plus belles heures de ma vie.

— Comme vous racontez bien...

— Tu te moques de moi.

— Non, non, pas du tout!

— Si. Tu te moques. J'arrête.

— Non, je vous en prie! Surtout pas. Et après?

— Tu m'as coupé dans mon élan.

— Je ne dirai plus rien.

— ...

— Et après?

— Après quoi?

— Après, avec le Chinetoque, comment ça s'est passé?

— Vous souriez. Pourquoi vous souriez? Racontez-moi!

— Je souris parce que c'était incroyable... Parce qu'elle était incroyable... Parce que la situation était complètement incroyable...

— Arrêtez de sourire tout seul! Racontez-moi! Racontez-moi, Pierre!

— Eh bien... D'abord, elle a sorti un étui de son sac, un petit étui en plastique façon crocodile. Elle y mettait beaucoup de componction. Ensuite, elle a posé sur son nez une affreuse paire de bésicles.

Tu sais, ces petites lunettes sévères avec une monture en fer-blanc. Des lunettes d'institutrice à la retraite. Et à partir de ce moment-là, son visage s'est fermé. Elle ne me regardait plus comme avant. Elle soutenait mon regard et attendait que je récite ma leçon.

« Je parlais, elle traduisait. J'étais fasciné parce qu'elle commençait ses phrases avant que j'aie terminé les miennes. Je ne sais pas comment elle réussissait ce tour de force. Elle écoutait et répétait presque tout en même temps. C'était de la traduction simultanée. C'était fascinant… Vraiment… Au début, je parlais lentement et puis de plus en plus vite. Je crois que j'essayais déjà de la bousculer un peu. Elle ne cillait pas. Au contraire, elle s'amusait à finir mes phrases avant moi. Déjà elle me faisait sentir à quel point j'étais prévisible…

« Et puis elle s'est levée pour traduire des courbes sur un tableau. J'en profitais pour regarder ses jambes. Elle avait un petit côté désuet, démodé, totalement anachronique. Elle portait une jupe écossaise jusqu'aux genoux, un twin-set vert foncé, des… Pourquoi tu ris encore ?

— Parce que vous dites ce mot : « twin-set ». Ça me fait rire.

— Mais enfin ! Je ne vois pas ce qu'il y a de drôle ! Qu'est-ce que tu veux que je dise d'autre ?

— Rien, rien…

— Tu es idiote…

— Je me tais, je me tais.

— Même son soutien-gorge était démodé… Elle avait la poitrine pigeonnante des filles de ma jeunesse. De jolis seins, pas très gros, un peu écartés, pointus… Pigeonnants, quoi. Et puis j'étais fasciné par son ventre. Ce petit ventre rebondi, rond, rond comme un ventre d'oiseau. Ce petit ventre adorable qui déformait les carreaux de sa jupe et que je trouvais... à ma main déjà... Je cherchais à apercevoir ses pieds quand j'ai vu son trouble. Elle s'était tue. Elle était toute rose. Son front, ses joues, son cou étaient roses. Rose comme une petite écrevisse. Elle me regardait effarée.

« "Que se passe-t-il ? ai-je demandé.

— Vous... Vous n'avez pas compris ce qu'il a dit ?

— Nn... Non. Qu'est-ce qu'il a dit ?

— Vous n'avez pas compris ou vous n'avez pas entendu ?

— Je... Je ne sais pas... Je n'ai pas écouté, je crois..."

« Elle regardait par terre. Elle était émue. J'imaginais le pire, le désastre, la gaffe, la grosse bourde... et je mettais la clef sous la porte pendant qu'elle resserrait son chignon.

« "Que se passe-t-il ? Il y a un problème ?"

« Le Chinois riait, lui disait quelque chose que je ne comprenais toujours pas. J'étais complètement perdu. Je ne comprenais rien. Je passais pour un con, oui !

« "Mais qu'est-ce qu'il dit ? Dites-moi ce qu'il a dit !!"

« Elle bafouillait.

« "C'est foutu, c'est ça ?

— Non, non, je ne crois pas...

— Alors quoi ?

— Monsieur Singh se demande si c'est une bonne idée de traiter d'un si gros business avec vous aujourd'hui...

— Mais pourquoi ? Qu'est-ce qui ne va pas ?"

« Je me tournais vers lui pour le rassurer.

« J'opinais bêtement du chef et tentais un sourire de *French manager* conquérant. Je devais être ridicule… Et l'autre gros père qui se marrait toujours… Il était si content de lui qu'on ne distinguait plus ses yeux.

« "J'ai dit une bêtise ?

— Non.

— Vous avez dit une bêtise ?

— Moi ? Mais non ! Je me contente de répéter votre charabia !

— Mais alors quoi ? !"

« Je sentais de grosses gouttes de sueur dégouliner sous mes aisselles.

« Elle riait, s'éventait. Semblait un peu nerveuse.

« "Monsieur Singh dit que vous n'êtes pas concentré.

— Mais si, je suis concentré ! Je suis très concentré ! *I am very concentrated !*

— *No, no,* répondait-il en secouant la tête.

— Monsieur Singh dit que vous n'êtes pas concentré parce que vous êtes en train de tomber amoureux et monsieur Singh ne veut pas traiter une affaire avec un Français qui tombe amoureux. Il dit que c'est trop dangereux."

« C'est moi qui suis devenu cramoisi.

« "Non, non… *No, no !* Ça va. *I am fine, I mean I am calm… I… I…"*

« Et vers elle :

« "Dites-lui que ce n'est pas vrai. Que ça va. Que tout est bien pour moi. Dites-lui que… *I am okay. Yes, yes, I'm okay."*

« Je m'agitais.

« Elle avait retrouvé son petit sourire du début.

« "Ce n'est pas vrai ?"

« Dans quel merdier m'étais-je embourbé ?

« "Non, enfin si, enfin non, enfin ce n'est pas le problème... Je veux dire ce n'est pas un problème... Je... *There is NO problem, I am fine !*"

« Je crois qu'ils se foutaient tous de ma gueule. Le gros Singh, ses acolytes et la demoiselle.

« Elle n'a pas cherché à me réconforter :

« "C'est vrai ou ce n'est pas vrai ?"

« Quelle garce. Était-ce vraiment le moment ?

« "Ce n'est pas vrai, ai-je menti.

— Ah, bon ! Vous m'avez fait peur..."

« Quelle garce, pensais-je encore.

« Elle venait de me mettre K.-O. debout.

— Et ensuite ?

— Ensuite, le travail a repris. Très pro. Comme si de rien n'était. J'étais trempé. J'avais l'impression d'avoir pris du 220 dans les pattes et je n'en menais pas large. Je ne la regardais plus. Je ne voulais plus la regarder. Je ne voulais plus qu'elle existe. Je ne pouvais plus me tourner vers elle. Je voulais qu'elle disparaisse dans un trou de souris et disparaître avec elle. Et plus je l'ignorais, plus je tombais amoureux d'elle. C'était exactement comme je te disais tout à l'heure, comme une maladie. Tu sais comment ça se passe... Tu éternues. Une fois. Deux fois. Tu frissonnes et voilà. C'est trop tard. Le mal est fait. Là, c'était la même chose : j'étais pris, j'étais fichu. Il n'y avait plus rien à espérer et quand elle me répétait les paroles du vieux Singh, je plongeais dans mes dossiers la tête en avant. Elle devait bien s'amuser. Ce calvaire a duré presque trois heures… Qu'est-ce que tu as ? Tu as froid ?

—Un peu, mais ça va, ça va… Continuez. Que s'est-il passé après ?

Il s'était penché pour m'aider à remonter la couverture.

—Après, rien. Après… Je viens de te le dire, je venais de vivre le meilleur… Après je… C'était… Après c'est devenu plus triste.

—Mais pas tout de suite ?

—Non. Pas tout de suite. Il y a eu un peu de rab… Mais tous les moments que nous avons partagés après cette séance de travail, c'était comme si je les avais volés…

—Volés à qui ?

—À qui ? À quoi ? Si seulement je le savais…

« Après, j'ai rangé mes feuilles et rebouché mon stylo. Je me suis levé, j'ai serré la main de mes bourreaux et j'ai quitté cette pièce. Et dans l'ascenseur, quand les portes se sont fermées, j'ai eu vraiment l'impression de tomber dans un trou. J'étais épuisé, vidé, à bout de forces et au bord des larmes. Les nerfs, je pense… Je me sentais si misérable, si seul… Si seul surtout. Je suis retourné dans ma chambre d'hôtel, j'ai commandé un whisky et me suis fait couler un bain. Je ne savais même pas son nom. Je ne savais rien d'elle. J'énumérais les choses que je savais : elle parlait remarquablement bien l'anglais. Elle était intelligente… Très intelligente… Trop intelligente ? Ses connaissances techniques, scientifiques et sidérurgiques me laissaient pantois. Elle était brune. Elle était très jolie. Elle devait mesurer… Allez quoi…

1,66 mètre peut-être... Elle s'était moquée de moi. Elle ne portait pas d'alliance et laissait deviner le plus mignon de tous les ventres. Elle... Quoi d'autre encore ? Je perdais espoir à mesure que mon bain refroidissait.

« Le soir, je suis allé dîner avec des types de la Cornex. Je n'ai rien mangé. J'acquiesçais. Je répondais oui ou non sans savoir. Elle me hantait.

« Elle me hantait, tu comprends ?

Il s'était agenouillé devant la cheminée et activait lentement le soufflet.

— Quand je suis revenu à l'hôtel, la réceptionniste m'a tendu un message avec ma clé. Une petite écriture me demandait encore :

« "Ce n'était pas vrai ?"

« Elle était assise au bar et me regardait en souriant.

« Je me suis approché en me frappant doucement la poitrine.

« Je tapotais mon pauvre cœur détraqué pour qu'il se remette à battre.

« J'étais si heureux. Je ne l'avais pas perdue. Pas encore.

« Si heureux et surpris aussi parce qu'elle avait changé de tenue. Elle portait maintenant un vieux blue-jean et un tee-shirt informe.

« "Vous vous êtes changée ?
— Euh... Oui.
— Mais pourquoi ?
— Quand vous m'avez vue tout à l'heure, j'étais déguisée. Je m'habille comme ça quand je travaille avec les Chinois de la vieille école. J'ai remarqué que ça leur plaisait, ce côté *old-fashioned*, que ça les ras-

surait... Je ne sais pas... Ils se sentent plus en confiance... Je me déguise en vieille fille et je deviens inoffensive.

— Mais vous n'aviez pas l'air d'une vieille fille, je vous assure ! Vous... Vous étiez très bien... Vous... Je... Enfin, je trouve ça dommage...

— Que je me sois changée ?

— Oui.

— Vous aussi, vous me préfériez plus inoffensive ?"

« Elle souriait. Je fondais.

« "Je ne crois pas du tout que vous soyez moins dangereuse dans votre petite jupe verte. Je ne le crois pas du tout, du tout, du tout."

« Nous avons commandé des bières chinoises. Elle s'appelait Mathilde, elle avait trente ans et si elle m'avait épaté, elle n'avait aucun mérite : son père et ses deux frères travaillaient pour la compagnie Shell. Elle connaissait tout ce jargon par cœur. Elle avait habité tous les pays pétroliers du monde, fréquenté cinquante écoles et appris des milliers de gros mots dans toutes les langues. Elle ne pouvait pas dire où elle vivait exactement. Elle ne possédait rien. Que des souvenirs. Que des amis. Elle aimait son travail. Traduire des pensées et jongler avec les mots. En ce moment, elle était à Hongkong car il suffisait de tendre la main pour trouver du travail. Elle aimait cette ville où les gratte-ciel poussent en une nuit et où l'on peut dîner dans un bouge un peu louche en marchant cinquante mètres de plus. Elle aimait l'énergie de cette ville. Elle avait passé quelques années en France quand elle était enfant et y revenait de temps en temps pour voir ses cousins. Un jour elle achèterait une maison là-bas. N'importe quoi n'importe où. Du moment qu'il y avait des vaches et une cheminée. En même temps qu'elle disait cela, elle riait, elle avait peur des vaches ! Elle me volait des cigarettes et répondait à toutes mes questions en commençant par lever les yeux au ciel. Elle m'en posait certaines mais je les chassais, je voulais l'entendre, elle, je voulais entendre le son de sa voix, son petit accent, ses expressions incertaines ou démodées. Je n'en perdais pas une miette. Je voulais m'imprégner d'elle, de son visage. Déjà j'adorais son cou, ses mains, la forme de ses ongles, son front un peu bombé, son petit nez adorable, ses grains de beauté, ses cernes, ses yeux graves… J'étais complètement gaga. Tu souris encore ?

— Je ne vous reconnais pas…

— Tu as toujours froid ?

— Non, ça va.

— Elle me fascinait… J'aurais voulu que le monde s'arrête de tourner. Que cette nuit ne finisse jamais. Je ne voulais plus la quitter. Plus jamais. Je voulais rester avachi dans ce fauteuil et l'écouter me raconter sa vie jusqu'à la fin des temps. Je voulais l'impossible. Sans le savoir, j'inaugurais là la teneur de notre histoire… des heures suspendues, irréelles, impossibles à retenir, à endiguer. Impossibles à savourer aussi. Et puis elle s'est levée. Elle travaillait tôt le lendemain. Toujours pour Singh and Co. Elle l'aimait bien ce vieux renard, mais il fallait qu'elle dorme parce qu'il était terrible ! Je me suis levé en même temps qu'elle. Mon cœur me lâchait de nouveau. J'avais peur de la perdre. J'ai baragouiné quelque chose pendant qu'elle enfilait sa veste.

« "Pardon ?

— Jeeurouerdre.

— Qu'est-ce que vous dites ?

— Je dis que j'ai peur de vous perdre."

« Elle a souri. Elle ne disait rien. Elle souriait et pivotait légèrement d'avant en arrière en se retenant au col de sa veste. Je l'ai embrassée. Sa bouche était fermée. J'ai embrassé son sourire. Elle a secoué la tête et m'a repoussé gentiment.

« J'aurais pu tomber à la renverse.

*

— C'est tout ?

— Oui.

— Vous ne voulez pas me raconter la suite, c'est ça ? C'est carré blanc ?

— Pas du tout ! Pas du tout, ma pauvre... Elle est repartie et je me suis rassis. J'ai passé le reste de la nuit à rêvasser en lissant son petit mot sur ma cuisse. Rien de très sulfureux, tu vois...

— Oh ! quand même... C'était votre cuisse...

— Que tu es bête, ma fille.

Je ricanai.

— Mais pourquoi était-elle revenue, alors ?

— C'est exactement la question que je me suis posée cette nuit-là et le lendemain et le jour d'après et tous les autres jours jusqu'à ce que je la revoie...

— Vous l'avez revue quand ?

— Deux mois plus tard. Elle a débarqué en plein mois d'août, un soir, dans mon bureau. Je n'attendais personne. J'étais revenu de vacances un peu plus tôt pour travailler au calme. La porte s'est ouverte et c'était elle. Elle était passée comme ça. Au hasard. Elle revenait de Normandie et attendait le coup de téléphone d'une amie pour repartir. Elle m'avait cherché dans l'annuaire et voilà.

« Elle me rapportait le stylo que j'avais laissé à l'autre bout du monde. Elle avait déjà oublié de me le rendre au bar, mais cette fois, elle y pensait tout de suite et farfouillait déjà dans son sac.

« Elle n'avait pas changé. Je veux dire, je ne l'avais pas idéalisée, je lui ai demandé :

« "Mais… Vous ne venez que pour ça ? Pour le stylo ?

— Oui, bien sûr. C'est un beau stylo. J'ai pensé que vous y teniez."

« Elle me l'a tendu en souriant. C'était un Bic. Un Bic rouge.

« Je ne savais plus quoi faire. Je… Elle m'a pris dans ses bras et je me suis laissé surprendre. Le monde m'appartenait.

« Nous avons traversé Paris en nous donnant la main. Depuis le Trocadéro jusqu'à l'île de la Cité en longeant la Seine. C'était une soirée magnifique. Il faisait chaud. La lumière était douce. Le soleil n'en finissait pas de se coucher. Nous étions comme deux touristes, insouciants, émerveillés, la veste sur l'épaule et les doigts emmêlés. Je faisais le guide. Je n'avais pas marché comme ça depuis des années. Je redécouvrais ma ville. Nous avons dîné place Dauphine et passé les jours suivants dans sa chambre d'hôtel. Je me souviens du premier soir. De son goût salé. Elle avait dû se baigner juste avant de prendre le train. Je m'étais relevé dans la nuit parce que j'avais soif. Je… C'était merveilleux.

« C'était merveilleux et complètement truqué. Tout était faux. Ce n'était pas la vie. Ce n'était pas Paris. C'était le mois d'août. Je n'étais pas un touriste. Je n'étais pas célibataire. Je mentais. Je me mentais. À moi, à elle, à ma famille. Elle n'était pas dupe et quand est venue l'heure de la gueule de bois, des coups de fil à passer et des mensonges à assumer, elle est repartie.

« Devant la porte d'embarquement, elle m'a déclaré :

« "Je vais essayer de vivre sans vous. J'espère que j'y arriverai…"

« Je n'ai pas eu le courage de l'embrasser.

« Le soir, je suis allé dîner au Drugstore. Je souffrais. Je souffrais comme s'il me manquait quelque chose, comme si l'on m'avait amputé d'un bras ou d'une jambe. C'était incroyable comme sensation. Je ne comprenais pas ce qui m'arrivait. Je me souviens que j'avais dessiné deux silhouettes sur la nappe en papier. La silhouette de gauche, c'était elle de face et celle de droite, elle de dos. Je cherchais à me souvenir de l'emplacement exact de ses grains de beauté et quand le garçon s'est approché et qu'il a vu tous ces petits points, il m'a demandé si j'étais acuponcteur. Je ne comprenais pas ce qui m'arrivait, mais quand même, je pressentais que c'était grave ! Pendant quelques jours, j'avais été moi-même. Ni plus, ni moins que moi-même. Quand j'étais avec elle, j'avais l'impression d'être un type bien… C'était aussi simple que ça. Je ne savais pas que je pouvais être un type bien.

« J'aimais cette femme. J'aimais cette Mathilde. J'aimais le son de sa voix, son esprit, son rire, son

109

regard sur le monde, cette espèce de fatalisme des gens qui se sont beaucoup promenés. J'aimais son rire, sa curiosité, sa discrétion, sa colonne vertébrale, ses hanches un peu saillantes, ses silences, sa douceur et… tout le reste. Tout… Tout. Je priais pour qu'elle ne puisse plus vivre sans moi. Je ne pensais pas aux conséquences de notre histoire. Je venais juste de découvrir que la vie était beaucoup plus gaie quand on était heureux. Il m'avait fallu quarante-deux ans pour le découvrir et j'étais si émerveillé que je m'interdisais de tout gâcher en scrutant l'horizon. J'étais le Ravi de la crèche…

Il nous resservait à boire.

— C'est aussi à partir de ce moment-là que je suis devenu un *workaholic*, comme disent les Américains. Je passais le plus clair de mon temps dans mon bureau. J'arrivais avant les autres et repartais bon dernier. Je travaillais le samedi et piaffais tout le dimanche. Je prétextais n'importe quoi. J'avais finalement décroché le contrat avec Taïwan et pouvais manœuvrer plus librement encore. J'en profitais pour échafauder d'autres projets. Plus ou moins raisonnables. Et tout ça, tous ces jours et toutes ces heures insensés pour une seule raison : parce que j'espérais son coup de téléphone.

« Une femme était quelque part sur cette planète, peut-être à deux pas, peut-être à dix mille kilomètres et la seule chose qui comptait, c'était qu'elle puisse me joindre.

« J'étais confiant. J'étais plein d'énergie. Je crois que j'étais assez heureux à cette époque de ma vie parce que même si je n'étais pas avec elle, je savais qu'elle existait. C'était déjà inespéré.

« J'ai eu de ses nouvelles quelques jours avant Noël. Elle allait venir en France et me demandait si j'étais libre à déjeuner la semaine suivante. Nous nous sommes donné rendez-vous dans le même petit bar à vins, mais voilà, ce n'était plus l'été et quand elle a voulu prendre ma main, je l'ai retirée prestement. "Vous êtes connu ici ?", m'a-t-elle demandé en piquant du nez.

« Je l'avais blessée. J'étais malheureux. Je la lui ai rendue, mais elle n'en a rien fait. Le temps se couvrait alors que nous ne nous étions pas encore retrouvés. Je l'ai rejointe le soir même dans une autre chambre d'hôtel et quand, enfin, j'ai pu glisser mes doigts dans ses cheveux, j'ai recommencé à vivre.

« Je... J'aimais faire l'amour avec elle.

« Le lendemain après-midi, nous nous sommes revus au même endroit et le jour d'après encore... C'était l'avant-veille de Noël, nous allions nous séparer, je voulais lui demander quels étaient ses projets mais je n'osais pas ouvrir la bouche. La peur était là. Ce truc dans mon ventre qui m'empêchait de lui sourire.

« Elle était assise sur le lit. Je suis venu contre elle et j'ai posé ma tête sur ses cuisses.

« "Qu'allons-nous devenir ?" a-t-elle demandé.

« Je me taisais.

« "Vous savez, quand vous êtes parti hier en me laissant dans cette chambre en plein milieu de l'après-midi, je me suis dit que je ne revivrais plus jamais ça. Plus jamais, vous m'entendez ? Plus jamais... Je me suis rhabillée, je suis sortie. Je ne savais pas où aller. Je ne veux plus revivre ça, je ne veux plus m'allonger avec vous dans une chambre et vous voir partir après. C'est trop dur."

« Elle articulait difficilement.

« "Je m'étais promis de ne jamais revivre avec un homme qui me ferait souffrir. Je crois que je ne le mérite pas, vous comprenez ? Je ne le mérite pas. Alors, c'est la raison pour laquelle je vous le demande : qu'allons-nous devenir ?"

« Je restais muet.

« "Vous ne dites rien ? Je m'en doutais. Qu'est-ce que vous pouvez dire de toute façon ? Qu'est-ce que vous pouvez faire ? Vous avez votre femme et vos enfants. Et moi, qu'est-ce que je suis ? Je ne suis presque rien dans votre vie. Je vis si loin... Si loin et si étrangement... Je ne sais rien faire comme les autres. Je n'ai pas de maison, pas de meubles, pas de chat, pas de livre de cuisine et pas de projets. Je croyais que c'était moi la plus maligne, que j'avais compris la vie mieux que les autres, et je me congratulais parce que je n'étais pas tombée dans le piège. Et puis vous voilà, et je me sens complètement perdue.

« Maintenant, j'aimerais bien m'arrêter de courir un peu parce que je trouve que la vie est belle avec vous. Je vous l'avais dit que j'essaierais de vivre sans vous... J'essaie, j'essaie, mais je ne suis pas très vaillante, je pense à vous tout le temps. Alors je vous le demande maintenant et pour la dernière fois peut-être, qu'avez-vous l'intention de faire de moi ?

— Vous aimer.

— Mais encore ?

— Je vous promets que je ne vous abandonnerai plus jamais dans une chambre d'hôtel. Je vous le promets."

« Et je me suis retourné pour enfoncer mon visage entre ses jambes. Elle m'a soulevé par les cheveux.

« "Mais quoi encore ?

— Je vous aime. Je ne suis heureux qu'avec vous. Je n'aime que vous. Je... Je... Faites-moi confiance..."

« Elle a relâché ma tête et notre conversation s'est étouffée là. Je l'ai prise tendrement mais elle ne s'abandonnait pas, elle se laissait faire. C'était toute la différence.

— Que s'est-il passé ensuite ?

— Ensuite nous nous sommes quittés pour la première fois... Je dis « première fois » parce que nous nous sommes tellement quittés... Et puis je l'ai rappelée... Je l'ai suppliée... J'ai trouvé un prétexte pour retourner en Chine. J'ai vu sa chambre, sa logeuse...

« J'y suis resté une semaine et pendant qu'elle travaillait, j'ai joué au plombier, à l'électricien, au maçon. Je m'échinais pour cette mademoiselle Li qui passait son temps à chanter en caressant ses oiseaux. Elle m'a fait visiter le port de Hongkong et m'a emmené chez une vieille dame anglaise qui croyait que j'étais Lord Mountbatten ! J'ai joué le jeu, tu penses... !

— Est-ce que tu réalises ce que tout cela représentait pour moi ? Pour le petit garçon qui n'avait pas osé monter au sixième ? Toute ma vie tenait entre deux arrondissements de Paris et une petite maison à la campagne. Je n'avais jamais vu mes parents heureux, mon unique frère était mort en s'étouffant et j'avais épousé mon premier flirt, la sœur d'un de mes amis, parce que je n'avais pas su me retirer à temps…

« Oui, c'était ça ma vie. C'était ça…

« Est-ce que tu réalises ? J'avais l'impression de naître une seconde fois. J'avais l'impression que tout recommençait aujourd'hui, dans ses bras, sur ces eaux douteuses, dans le cagibi humide de mademoiselle Li…

Il s'était tu.

— C'était Christine ?

— Non, c'était avant Christine… C'était une fausse couche.

— Je ne savais pas.

— Personne ne sait. Pourquoi savoir ? Je me suis marié à une jeune fille que j'aimais, mais comme on aime une jeune fille. Un amour romantique et pur. Les premiers émois… Ce fut une fête assez triste. J'avais l'impression de faire ma première communion pour la seconde fois.

« Suzanne non plus, n'avait pas dû imaginer un tel raccourci… Elle perdait d'un coup sa jeunesse et ses illusions. Nous perdions tout cela pendant que mon beau-père gagnait un gendre parfait. Je sortais de l'École des mines et il ne pouvait rêver meilleur parti puisque ses fils étaient des… *littéraires*. Il prononçait ce mot du bout des lèvres.

« Suzanne et moi n'étions pas follement amoureux, mais nous étions dociles. À l'époque, ceci compensait bien cela.

« Je te raconte tout ça, mais je doute fort que tu puisses y voir clair. Les choses ont tellement

114

changé… C'était il y a quarante ans et cela semble deux siècles. C'était à une époque où les jeunes filles se mariaient quand elles n'avaient plus leurs règles. Pour vous, c'est de la préhistoire.

Il se frottait le visage.

— Où j'en étais déjà? Ah oui… Je disais que je me retrouvais de l'autre côté de la Terre avec une femme qui gagnait sa vie en sautillant d'un continent à l'autre et qui semblait m'aimer pour ce que j'étais, pour ce qu'il y avait là-dedans, à l'intérieur. Une femme qui m'aimait, j'ai presque envie de dire: tendrement. Oui, tout cela était très nouveau. Très exotique. Une femme merveilleuse qui me regardait manger de la soupe de cobra aux fleurs de chrysanthème en retenant son souffle.
— C'était bon?
— Un peu gélatineux à mon goût…
Il souriait.

— Et quand j'ai repris l'avion, pour la première fois de ma vie je n'ai pas eu peur. Je me disais: il peut exploser, il peut tomber comme une pierre et s'écraser, ce n'est pas grave.
— Pourquoi vous vous disiez ça?
— Pourquoi?
— Ben oui… Moi je me serais dit le contraire… Je me serais dit: « Maintenant je sais vraiment pourquoi j'ai peur et ce putain d'avion n'a pas intérêt à tomber! »
— Oui, tu as raison. C'eût été plus malin… Mais voilà, et nous touchons là le nœud du problème, je ne me disais pas ça. Je devais presque même espé-

rer qu'il tombe... Ma vie s'en serait trouvée tellement simplifiée...

— Vous veniez de rencontrer la femme de votre vie et vous envisagiez de mourir ?

— Je ne t'ai pas dit que je voulais mourir !

— Non, je n'ai pas dit ça non plus. J'ai dit que vous « envisagiez » de mourir...

— Je crois que j'envisage de mourir tous les jours, pas toi ?

— Non.

— Tu penses que ta vie vaut quelque chose ?

— Euh... Oui... Un peu quand même... Et puis il y a les petites...

— C'est une bonne raison.

Il s'était renfoncé dans le fauteuil et son visage avait de nouveau disparu.

— Oui. Je suis d'accord avec toi, c'était absurde. Mais je venais d'être si heureux. Si heureux... J'étais intrigué et un peu épouvanté aussi. Était-ce normal d'être si heureux ? Était-ce juste ? Quel prix allais-je devoir payer pour tout ça ?

« Parce que... Est-ce que c'est dû au poids de mon éducation ou à l'instruction des bons pères ? Était-ce dans mon caractère ? Je ne saurais pas bien faire la part des choses mais ce qui est sûr, c'est que je me suis toujours comparé à un animal de labour. Le mors, la bride, les œillères, les brancards, le soc, le joug, la charrette, le sillon... Tout ce folklore... Depuis que je suis gamin, je marche dans la rue en baissant la tête et en regardant fixement le sol comme si c'était une croûte à fendre, une écorce trop sèche.

« Le mariage, la famille, le travail, les méandres de la vie sociale, tout. J'ai tout traversé tête baissée

116

et mâchoires serrées. Tout appréhendé avec défiance. D'ailleurs je suis, enfin j'étais, bon au squash et ce n'est pas un hasard ; j'aimais me sentir enfermé dans une pièce trop petite et cogner le plus fort possible dans une balle pour qu'elle me revienne dans le bras comme un boulet de canon. J'adorais ça.

« "Toi, tu aimes le squash et moi, le Jokari, tout est là…", avait résumé Mathilde un soir alors qu'elle massait mon épaule endolorie. Elle s'était tue un moment et avait ajouté : "Tu devrais réfléchir à ce que je viens de dire, ce n'est pas bête du tout. Les gens qui sont rigides à l'intérieur rebondissent sur la vie en se faisant tout le temps mal, alors que les gens qui sont mous… non, pas mous, mais souples plutôt, oui, c'est ça, souples à l'intérieur, eh bien, quand ils prennent des chocs, ils souffrent moins… Je crois que tu devrais te mettre au Jokari, c'est beaucoup plus amusant. Tu tapes dans la balle, tu ne sais pas où elle reviendra, mais tu sais qu'elle reviendra à cause de la ficelle et ça, c'est un suspense délicieux. Moi tu vois, par exemple, eh bien j'ai souvent cette impression… Que je suis ta balle de Jokari…"

« Je n'ai pas relevé et elle a continué de me frotter en silence.

— Vous n'avez jamais envisagé de recommencer votre vie avec elle ?

— Si, bien sûr… Mille fois.

« Mille fois j'ai voulu et mille fois j'ai renoncé… J'avançais tout au bord du gouffre, je me penchais et je repartais en courant. Je me sentais responsable de Suzanne, des enfants.

« Responsable de quoi ? Encore une question troublante… Je m'étais engagé. J'avais signé, j'avais promis, je devais assumer. Adrien avait seize ans et rien n'allait. Il changeait de lycée tout le temps, écrivait *No future* dans l'ascenseur et n'avait qu'une idée en tête : aller à Londres et en revenir avec un rat sur l'épaule. Suzanne était effondrée. Quelque chose lui résistait. Qui lui avait changé son petit garçon ? Pour la première fois, je la voyais chanceler sur sa base et rester des soirées entières sans ouvrir la bouche. Je m'imaginais mal en train d'assombrir encore la situation. Et puis je me disais… Je me disais que…

— Qu'est-ce que vous vous disiez ?

— Attends, c'est tellement grotesque… Il faudrait que je retrouve les mots de l'époque… Je devais me dire quelque chose comme : « Je suis un modèle pour mes enfants. Les voici à l'aube de leur vie, bientôt au pied du mur, à l'âge où ils vont songer à s'engager, quel exemple calamiteux pour eux si je quitte leur mère maintenant… » Tu notes les effets de manches, là ? « Comment pourront-ils faire face ensuite ? Et quels désordres suis-je en train de causer ? Quel irréparable outrage ? Je n'ai pas été un père parfait, loin s'en faut, mais je reste le modèle de référence le plus évident, le plus proche, donc… hum hum… je dois me tenir. »

Il grinçait.

— C'était beau, hein ? Avoue que c'était sublime, non ?

Je me taisais.

— Je pensais surtout à Adrien… À être un modèle d'engagement pour mon fils Adrien… Tu as le droit de ricaner avec moi, tu sais. Ne t'en prive pas. On n'a pas si souvent l'occasion d'entendre une bonne histoire.

Je secouais la tête.

— Et pourtant... Oh... et puis à quoi bon ? Tout ça est tellement loin... Tellement loin...

— Pourtant quoi ?

— Eh bien... À un moment quand même, je suis venu tout près du gouffre... Vraiment très près... J'avais entrepris des démarches pour trouver un studio, je songeais à emmener Christine en week-end, je réfléchissais aux mots et répétais certaines scènes dans ma voiture. J'avais même pris rendez-vous avec mon comptable et puis un matin, vois comme la vie est taquine, Françoise est arrivée en larmes dans mon bureau...

— Françoise ? Votre secrétaire ?

— Oui.

— Son mari venait de la quitter... Je ne la reconnaissais plus. Elle, si pétulante, si impérieuse, cette petite femme maîtresse d'elle-même comme de l'univers, je la voyais dépérir de jour en jour. Pleurer, maigrir, se cogner dans tout et souffrir. Souffrir tellement. Prendre des médicaments, maigrir encore, m'apporter le premier arrêt de travail de sa vie. Pleurer. Pleurer devant moi, même. Et là, quel homme admirable j'étais quand j'y repense, j'ai pris mon courage à deux mains et je suis allé hurler avec les loups. Quel salaud, approuvais-je, quel salaud. Comment peut-on faire ça à sa femme ? Comment peut-on être si égoïste ? Fermer la porte et se frotter les mains. Sortir de sa vie comme on sort faire un tour. Mais, mais, mais, c'est trop facile ! Trop facile !

« Non mais vraiment, quel salaud. Quel salaud ce type ! Moi, monsieur, je ne suis pas comme vous ! Je ne quitte pas ma femme, moi, monsieur. Je ne quitte pas ma femme et je vous méprise... Oui, je vous méprise du plus profond de mon âme, cher monsieur !

« Voilà ce que je pensais. Trop heureux de m'en tirer à si bon compte. Trop heureux de me conforter et de me lustrer le poil. Oh oui, je l'ai soutenue ma Françoise, je l'ai chouchoutée. Oh oui, j'ai acquiescé souvent, oh non, lui répétais-je encore, vous n'avez pas eu de chance. Pas eu de chance...

« En fait, je devais le bénir en secret, ce monsieur Jarmet que je ne connaissais ni d'Ève ni d'Adam. Je devais le bénir en secret. Il m'apportait la solution sur un plateau d'argent. Grâce à lui, grâce à son infamie, je pouvais retourner à mon petit confort la tête haute. Travail, Famille, Patrie, j'étais là. Tête haute et droit dans mes bottes ! J'en tirais quelque vanité, tu t'en doutes bien, tu me connais... J'en étais arrivé à cette agréable conclusion que... Je n'étais pas comme les autres. J'étais un peu au-dessus. Juste à peine, mais au-dessus. Je ne quittais pas ma femme, moi...

— C'est là que vous avez rompu avec Mathilde ?

— Et pourquoi donc ? Non, pas du tout. J'ai continué à la voir, seulement j'ai rangé mes plans d'évasion et cessé de perdre mon temps à visiter des studios minables. Parce que tu comprends, et comme je viens de te le démontrer brillamment, je n'étais pas de cette trempe-là, je ne foutais pas le pied dans la fourmilière. C'était bon pour les irresponsables, ça. Pour les maris à dactylos.

Il était sarcastique et tremblant de rage.

— Non, je n'ai pas rompu, j'ai continué à la sauter tendrement en lui promettant des toujours et des plus tard.

— C'est vrai ?

— Oui.

— Vous parliez comme dans ces histoires sordides ?

— Oui.

— Vous lui demandiez d'être patiente et lui promettiez des tas de choses ?

— Oui.

— Comment elle faisait pour supporter tout ça ?

— Je ne sais pas. Vraiment, je ne sais pas...

— Peut-être qu'elle vous aimait ?

— Peut-être.

Il a fini son verre cul sec.

— Peut-être bien oui... Peut-être bien...

— Et vous n'êtes pas parti à cause de Françoise ?

— Exactement. À cause de Jean-Paul Jarmet pour être précis. Enfin, je te dis ça, mais si ça n'avait pas été lui, j'aurais bien trouvé un autre prétexte, va. Les gens de mauvaise foi sont très forts pour trouver des prétextes. Très forts.

— C'est incroyable...

— Quoi ?

— Cette histoire... De voir à quoi ça tient... C'est incroyable...

— Non, ce n'est pas incroyable, ma Chloé... Non, ce n'est pas incroyable. C'est la vie. C'est la vie de presque tout le monde. On biaise, on s'arrange, on a notre petite lâcheté dans les pattes comme un animal familier. On la caresse, on la dresse, on s'y attache. C'est la vie. Il y a les courageux et puis ceux qui s'accommodent. C'est tellement moins fatigant de s'accommoder... Tiens, passe-moi la bouteille.

— Vous allez vous soûler ?

— Non. Je ne sais pas me soûler. Je n'y suis jamais arrivé. Plus je bois, plus je suis lucide...

— Quelle horreur !

— Quelle horreur, comme tu dis... Je te sers ?

— Non merci.

— Tu veux une tisane maintenant ?

— Non, non. Je suis... Je ne sais pas ce que je suis... Stupéfaite, peut-être...

— Stupéfaite de quoi ?

— De vous, tiens ! Je ne vous avais jamais entendu prononcer plus de deux phrases à la suite, jamais un mot plus haut que l'autre, jamais d'états d'âme. Depuis le temps que je vous vois dans votre habit de Grand Inquisiteur... Je ne vous ai jamais surpris en flagrant délit de faiblesse ou de sensiblerie et puis là, tout à coup, vous me balancez tout ça sans crier gare...

— Je t'ai choquée ?

— Non, non, pas du tout ! Pas du tout ! Au contraire ! Au contraire... Mais... Mais comment vous avez pu jouer ce rôle-là tout le temps ?

— Quel rôle ?

— Ben, celui-là... Ce rôle de vieux con.

— Mais je suis un vieux con, Chloé ! Je suis un vieux con. C'est ce que je suis en train de t'expliquer depuis tout à l'heure enfin !

— Mais non ! Si vous vous en rendez compte c'est que vous n'en êtes pas un, justement ! Les vrais, ils ne se rendent compte de rien !

— Tttt, ne crois pas ça... C'est encore une de mes ruses pour m'en tirer honorablement. Je suis très fort...

Il me souriait.

— C'est incroyable... Incroyable...

— Quoi ?

— Mais tout ça... Tout ce que vous m'avez raconté...

— Non, ce n'est pas incroyable. C'est très banal au contraire.

« Très très banal... Je parle aujourd'hui parce que c'est toi, parce que c'est ici, dans cette pièce, dans cette maison, parce qu'il fait nuit et parce que Adrien te fait souffrir. Parce que son choix me désespère et me rassure aussi. Parce que je n'aime pas te voir malheureuse, j'ai trop fait souffrir moi-même... Et parce que je préfère te voir souffrir beaucoup aujourd'hui plutôt qu'un peu toute ta vie.

« J'en vois des gens souffrir un peu, rien qu'un peu, rien qu'à peine mais juste ce qu'il faut pour tout rater, tu sais... Oui, à mon âge, je vois ça beaucoup... Des gens qui sont encore ensemble parce qu'ils se sont arc-boutés là-dessus, sur cette petite chose ingrate, leur petite vie sans éclat. Tous ces arrangements, toutes ces contradictions... Et tout ça pour en finir là...

« Bravo, bravo, bravo ! On a tout enterré, nos amis, nos rêves et nos amours, et maintenant, ça va être notre tour ! Bravo, les amis !

Il applaudissait.

— Retraités... Retraités de tout. Je les hais. Je les hais, tu m'entends ? Je les hais parce qu'ils me renvoient ma propre image. Ils sont là, vautrés dans leur bonne satisfaction. Le navire a tenu bon, le navire a tenu bon ! semblent-ils nous dire sans jamais s'épauler. Mais à quel prix bon Dieu ? À quel prix ?! Il y a des regrets, des remords, des fêlures et des compromissions qui ne cicatrisent pas, qui ne cicatriseront jamais. Jamais, tu m'entends ! Même aux Hespérides. Même avec les arrière-petits-enfants assis tout autour pour la photo. Même en répondant exactement en même temps à une question de Julien Lepers.

Je ne sais pas s'il n'était jamais ivre, mais enfin...

Il a cessé de parler et de gesticuler et nous sommes restés comme ça un long moment. En silence. À compter les escarmouches du feu.

*

— Je n'ai pas fini mon histoire avec Françoise...
Il s'était calmé et je devais tendre l'oreille à présent pour l'entendre.

— Il y a quelques années, en 94 je crois, elle est tombée gravement malade... Gravement... Une saloperie de cancer lui mangeait tout le ventre. On a commencé par lui enlever un ovaire, puis deux, puis l'utérus... enfin, je n'en sais pas beaucoup plus parce que je n'ai jamais été son confident tu imagines, mais il s'est avéré que c'était beaucoup plus grave que prévu. Françoise comptabilisait ses semaines à vivre. Elle espérait Noël. Pâques, c'était trop demander.

« Un jour, je lui ai téléphoné à l'hôpital en lui proposant de la licencier avec des indemnités royales pour qu'elle puisse faire le tour du monde dès sa sortie. Qu'elle se rende chez les plus grands couturiers pour choisir les plus jolies robes et qu'elle aille se pavaner sur le pont d'un grand paquebot en sirotant des Pimm's. Françoise adore le Pimm's...

« "Gardez donc vos sous, j'en boirai avec les autres le jour où vous prendrez votre retraite !"

« Nous avons plaisanté. Nous étions de bons comédiens, la gorge sèche mais la repartie heureuse. Les derniers pronostics étaient catastrophiques. Je l'avais su par sa fille. Noël devenait improbable.

« "Ne croyez pas tout ce qu'on raconte, ce n'est pas encore cette fois que vous pourrez me remplacer par une petite jeune...", m'avait-elle prévenu dans un souffle avant de raccrocher. J'ai fait semblant de bougonner et je me suis retrouvé en larmes en plein après-midi. Je venais de découvrir à quel point je l'aimais, elle aussi. À quel point j'avais besoin d'elle. Dix-sept ans que nous travaillions ensemble. Tout le temps. Tous les jours. Dix-sept ans qu'elle me supportait, qu'elle m'aidait... Elle savait pour Mathilde et n'avait jamais rien dit. Ni à moi, ni à personne. Elle me souriait quand j'étais malheureux et haussait les épaules quand j'étais désagréable. Elle avait à peine vingt ans quand elle est arrivée. Elle ne savait rien faire. Elle sortait de l'école hôtelière et avait rendu son tablier parce qu'un cuisinier lui avait pincé les fesses. Elle ne voulait pas qu'on lui pince les fesses. Voilà ce qu'elle m'avait dit lors de notre premier entretien. Elle ne voulait pas qu'on lui pince les fesses et elle ne voulait pas retourner chez ses parents dans la Creuse. Elle y retournerait quand elle aurait une voiture bien à elle pour être sûre de pouvoir repartir ! Je l'avais embauchée à cause de cette phrase.

« Elle aussi, c'était ma princesse...

« Je l'appelais de temps en temps pour dire du mal de sa remplaçante.

« Et puis je suis allé lui rendre visite longtemps après, quand elle me l'a enfin permis. C'était le printemps. On l'avait changée d'hôpital. Le traitement était moins dur et ses progrès avaient redonné courage aux médecins qui passaient la féliciter tous les jours pour sa hargne et sa bonne humeur. Elle m'avait dit au téléphone qu'elle recommençait à donner son avis sur tout et à tout le monde. Elle avait des idées pour la décoration et mettait en place une tournante de patchwork. Elle critiquait leurs dysfonctionnements, leur organisation aberrante. Elle avait demandé à rencontrer le chef du comité d'entreprise pour régler avec lui quelques détails évidents. Je la charriais. Elle se défendait : "Mais je leur parle de bon sens ! Uniquement de bon sens, vous savez !" Elle avait repris du poil de la bête et je roulais vers la clinique le cœur léger.

« Pourtant, j'ai eu un choc en la revoyant. Ce n'était plus *my fair lady*, c'était un petit poulet jaune. Son cou, ses joues, ses mains, ses bras, tout avait disparu. Sa peau était jaunâtre et un peu épaisse, ses yeux avaient doublé de taille et ce qui me choquait le plus, c'était sa perruque. Elle avait dû la mettre un peu vite et la raie n'était pas au milieu. J'essayais de lui donner des nouvelles du bureau, du bébé de Caroline et des contrats en cours mais j'étais obsédé par cette perruque, j'avais peur qu'elle glisse.

« À ce moment-là, un homme a frappé. "Houps", a-t-il dit en me voyant avant de tourner les talons. Françoise l'a rappelé. "Pierre, je vous présente Simon, mon ami. Je crois que vous ne vous êtes jamais rencontrés…" Je me suis levé. Non, jamais. Je ne savais même pas qu'il existait. Nous étions si pudiques, Françoise et moi… Il m'a serré la main très fort et j'ai vu dans son regard toute la bonté du monde. Deux petites billes grises, intelligentes, vives et douces. Pendant que je me rasseyais, il s'est approché de Françoise pour l'embrasser et là, tu sais ce qu'il a fait ?

— Non.

— Il a pris ce petit visage de poupée cassée entre ses mains comme s'il avait voulu l'embrasser avec fougue et il en a profité pour recaler sa perruque. Elle a pesté en lui demandant de faire un peu attention, que j'étais son patron quand même, et il a ri avant de s'éclipser en prétextant l'achat d'un journal.

« Et quand il a refermé la porte, Françoise s'est tournée lentement vers moi. Ses yeux étaient pleins de larmes. Elle a murmuré : "Sans lui, j'y serais restée, vous savez… Si je me bats, c'est parce que j'ai encore tellement de choses à faire avec lui. Tellement de choses…"

« Son sourire était effrayant. Sa mâchoire était énorme, presque indécente. J'avais l'impression que ses dents allaient se déchausser. Que la peau de ses joues allait craquer. J'avais le cœur au bord des lèvres. Et puis l'odeur… Cette odeur de médicaments, de mort et de Guerlain mélangés. C'était difficilement supportable et je me faisais violence pour ne pas poser ma main devant ma bouche. Je sentais que j'allais craquer. Ma vue se brouillait. Oh, presque rien tu sais, je faisais semblant de me frotter les yeux et de me pincer le nez comme si une poussière me gênait mais quand je l'ai regardée de nouveau en me forçant à lui rendre son sourire, elle m'a demandé : "Ça ne va pas ?" Si, si, ai-je répondu. Je sentais ma bouche s'affaisser en arc de cercle comme sur le visage des enfants tristes. "Si, si, ça va… C'est juste que… Je ne vous trouve pas très bonne mine, Françoise…" Elle a fermé les yeux et posé sa tête sur l'oreiller. "Ne vous en faites pas. Je vais m'en sortir… Il a trop besoin de moi, celui-là."

« Je suis reparti décomposé. Je me tenais aux murs. J'ai mis un temps fou avant de me souvenir où j'avais garé ma voiture et je me suis perdu sur ce foutu parking. Mais qu'est-ce qui m'arrivait ? Qu'est-ce qui m'arrivait, bon Dieu ? Était-ce de la voir comme ça ? Était-ce cette odeur de charnier javellisé ou était-ce l'endroit tout simplement ? Toute cette chape de malheur. De souffrance. Et ma petite Françoise aux bras ravagés, mon ange perdu au milieu de tous ces zombies. Perdue dans son lit minuscule. Qu'est-ce qu'ils avaient fait à ma princesse ? Pourquoi ils l'avaient malmenée comme ça ?

« Oui, j'ai mis un temps fou à retrouver ma voiture et j'ai mis un temps fou à la démarrer, et ensuite, il m'a fallu encore plusieurs minutes avant d'enclencher la première, et tu sais pourquoi ? Tu sais pourquoi je chancelais ainsi ? Ce n'était pas à cause d'elle, ni de ses cathéters ou de sa souffrance, bien sûr que non. C'était…

Il avait relevé la tête.

— C'était le désespoir. Oui, c'était le boomerang qui me revenait dans la figure…

Silence.

*

J'ai fini par dire :
— Pierre ?

— Oui ?

— Vous allez penser que j'exagère, mais j'aimerais bien une tisane finalement…

Il s'est levé en pestant pour cacher sa gratitude.

— Ah ! là, là, vous ne savez jamais ce que vous voulez, vous êtes pénibles à la fin…

Je l'ai suivi dans la cuisine et me suis assise de l'autre côté de la table pendant qu'il mettait une casserole d'eau à chauffer. La lumière m'agressait. J'ai descendu la suspension le plus bas possible pendant qu'il ouvrait tous les placards.

— Je peux vous poser une question ?

— Si tu me dis où trouver ce que je cherche.

— Là, devant vous, dans la boîte rouge.

— Celle-ci ? On ne mettait pas ça là avant, il me semble qu'on… pardon, je t'écoute.

— Vous vous êtes vus pendant combien d'années ?

— Avec Mathilde ?

— Oui.

— Entre Hongkong et notre dernière discussion, cinq ans et sept mois.

— Et vous avez passé beaucoup de temps ensemble ?

— Non, je te l'ai dit déjà. Quelques heures, quelques jours…

— Et ça vous suffisait ?

— …

— Ça vous suffisait ?

— Non, bien sûr. Enfin si, puisque je n'ai rien fait pour changer les choses. C'est ce que je me suis dit après. Peut-être que c'était ça qui me convenait. « Convenir »… que ce mot est laid. Peut-être que ça m'arrangeait d'avoir l'épouse rassurante d'un côté et le grand frisson de l'autre. Mon dîner en rentrant tous les soirs et la sensation de m'encanailler de temps en temps... L'estomac rempli et la peau du ventre bien tendue. C'était pratique, c'était confortable...

— Vous l'appeliez quand vous aviez besoin d'elle ?
— Oui, c'était à peu près ça...
Il a posé un bol devant moi.

— En fait, non... Ça ne se passait pas comme ça... Un jour, au tout début, elle m'a écrit une lettre. La seule qu'elle m'ait jamais envoyée d'ailleurs. Elle disait :

J'ai réfléchi, je ne me fais pas d'illusions, je t'aime mais je n'ai pas confiance en toi. Puisque ce que nous vivons n'est pas réel, alors c'est un jeu. Puisque c'est un jeu, il faut des règles. Je ne veux plus te voir à Paris. Ni à Paris ni dans aucun autre endroit qui te fasse peur. Quand je suis avec toi, je veux pouvoir te donner la main dans la rue et t'embrasser dans les restaurants sinon ça ne m'intéresse pas. Je n'ai plus l'âge de jouer à chat. Donc nous nous verrons le plus loin possible, dans d'autres pays. Quand tu sauras où tu vas, tu me l'écriras à cette adresse, c'est chez ma sœur de Londres, elle saura où faire suivre le courrier. Ne te donne pas le mal d'écrire des mots gentils, préviens juste. Dis à quel hôtel tu descends et où et quand. Si je peux te rejoindre, je viendrai, sinon tant pis. Ne cherche pas à m'appeler, ni à savoir où je suis, ni comment je vis, je crois que ce n'est plus le problème. J'ai réfléchi, je pense que c'est la meilleure solution, faire comme toi, vivre de mon côté en t'aimant bien mais de loin. Je ne veux pas attendre tes coups de téléphone, je ne veux pas m'empêcher de tomber amoureuse, je veux pouvoir coucher avec qui je veux et quand je veux et sans scrupule. Parce que c'est toi qui as raison, la vie sans scrupule, c'est... *it's more convenient*. Je ne voyais pas les choses comme ça, mais pourquoi pas ? Je veux bien essayer. Qu'est-ce que j'ai à perdre, finalement ? Un homme lâche ? Et à gagner ? Le plaisir de dormir dans tes bras quelquefois... J'ai réfléchi, je veux bien essayer. C'est à prendre ou à laisser...

« Qu'est-ce qu'il y a ?

— Rien. Ça m'amuse de constater que vous aviez trouvé un adversaire à votre taille.

— Eh non, malheureusement. Elle roulait des mécaniques et prenait des poses de femme fatale alors que c'était une grande tendre. Je ne le savais pas encore en acceptant ses conditions, je ne l'ai compris que beaucoup plus tard... Que cinq ans et sept mois plus tard...

« Enfin si. Je te mens. Je le devinais entre les lignes, je devinais ce que ce genre de phrases devait lui coûter mais je n'allais pas m'appesantir parce que moi, ça m'allait très bien ces règles. Très, très bien même. J'allais intensifier la branche import-export et m'habituer aux décollages, voilà tout. Une lettre pareille, c'est inespéré pour le gars qui veut tromper sa femme sans encombre. Bien sûr, son histoire de coucheries et de tomber amoureuse me chiffonnait un peu, mais on n'en était pas là...

Il s'est assis au bout de la table, à sa place habituelle.

— J'étais malin, hein ? Oui, j'étais un gros malin en ce temps-là... Surtout que ça m'a fait gagner pas mal d'argent cette histoire... J'avais toujours eu tendance à négliger un peu l'international...

— Pourquoi tant de cynisme ?

— Toi-même, tu as très bien répondu à cette question tout à l'heure...

Je me baissai pour attraper la passoire.

— En plus, c'était très romantique... Je descendais de l'avion le cœur battant, je me présentais à l'hôtel en espérant que ma clé n'y serait plus, je posais mes bagages dans des chambres inconnues en furetant partout pour savoir si elle était déjà passée, je repartais travailler, je rentrais le soir en suppliant le ciel pour qu'elle soit dans mon lit. Quelquefois elle y était, quelquefois non. Elle me rejoignait au milieu de la nuit et nous nous perdions l'un dans l'autre sans avoir échangé une seule parole. Nous riions sous les draps, émerveillés de nous retrouver là. Enfin. Si loin. Si proches. Quelquefois, elle n'arrivait que le lendemain et je passais la nuit assis au bar, à guetter les bruits du hall. Quelquefois, elle prenait une autre chambre et m'ordonnait de venir la rejoindre au petit matin. Quelquefois elle ne venait pas et je la haïssais. Je revenais à Paris de très méchante humeur. Au début j'avais vraiment du travail et puis, de moins en moins... J'inventais n'importe quoi pour pouvoir partir. Quelquefois je voyais du pays et quelquefois je ne voyais rien d'autre que ma chambre d'hôtel. Il nous est même arrivé de rester dans l'enceinte de l'aéroport… C'était ridicule. Ça ne rimait à rien. Quelquefois nous parlions sans arrêt et d'autres fois nous n'avions rien à nous dire. Fidèle à sa promesse, Mathilde ne parlait presque jamais de sa vie sentimentale. Ou alors sur l'oreiller. Elle évoquait des hommes ou des situations qui me rendaient fou mais ça, c'était pour l'oreiller… J'étais à la merci de cette femme, de son petit air coquin quand elle faisait semblant de se tromper de prénom dans le noir. Je paraissais vexé mais j'étais anéanti. Je la prenais plus brutalement encore alors que je rêvais de la serrer dans mes bras.

« Quand l'un de nous deux jouait, l'autre souffrait. C'était complètement absurde. Je rêvais de l'attraper et de la secouer jusqu'à ce qu'elle le crache, son venin. Qu'elle me le dise qu'elle m'aimait. Qu'elle me le dise bon sang. Mais je ne pouvais pas, c'était moi le salaud. C'était de ma faute tout ça…

Il s'était levé pour reprendre son verre.

— Qu'est-ce que je croyais ? Que ça allait durer comme ça des années ? Des années et des années ? Non, je n'y croyais pas. Nous nous quittions furtivement, tristes et empotés sans jamais parler de la prochaine fois. Non, c'était intenable… Et plus je renâclais, plus je l'aimais, et plus je l'aimais, moins j'y croyais. Je me sentais dépassé, impuissant, ficelé sur ma toile. Immobile, résigné.

— Résigné à quoi ?

— À la perdre un jour…

— Je ne vous comprends pas.

— Si… Bien sûr que tu me comprends… Qu'est-ce que tu voulais que je fasse, hein ? Tu ne réponds rien ?

— Non.

— Non, bien sûr que tu ne peux pas répondre... Tu es la personne la moins bien placée au monde pour répondre à cette question...

— Vous lui promettiez quoi exactement ?

— Je ne me souviens plus... pas grand-chose j'imagine, ou alors l'inimaginable. Non, pas grand-chose... J'avais l'honnêteté de fermer les yeux quand elle me posait des questions et de l'embrasser quand elle attendait une réponse. J'avais presque cinquante ans et je me trouvais vieux. Je pensais que c'était la fin du parcours. Une fin ensoleillée... Je me disais : « Ne brusquons rien, elle est si jeune, c'est elle qui partira la première », et, à chaque fois que je la retrouvais, j'étais émerveillé mais surpris aussi. Comment ? Elle est encore là ? Mais pourquoi ? Je voyais mal ce qu'elle trouvait d'aimable en moi, je me disais : « Pourquoi mettre la pagaille puisque c'est elle qui va me quitter ? » C'était obligé, c'était fatal. Il n'y avait aucune raison pour qu'elle soit encore là la fois suivante, aucune raison... À la fin, j'en venais même à espérer qu'elle n'y soit pas. Jusqu'à présent, la Vie s'était si bien chargée de tout décider à ma place, pourquoi aurait-il fallu que ça change ? Pourquoi ? Je l'avais prouvé quand même que je n'étais pas doué pour prendre les choses en main... Dans mon métier, si, c'était un jeu et j'étais le meilleur, mais côté jardin ? Je préférais subir, je préférais me consoler en me rappelant que j'étais celui qui subissait. Je préférais rêver ou regretter. C'est tellement plus simple...

« Ma grand-tante paternelle, qui était russe, me répétait souvent :

« "Toi, tu es comme mon père, tu as la nostalgie des montagnes.

— De quelles montagnes, Mouchka ? lui demandais-je.

— De celles que tu n'as pas connues, voyons !"

— Elle vous disait ça ?

— Oui. Elle me le répétait à chaque fois que je regardais par la fenêtre…

— Et qu'est-ce que vous regardiez ?

— Les autobus !

Il riait.

— Encore un personnage qui t'aurait plu… Un vendredi je t'en reparlerai.

— On ira Chez Dominique alors…

— On ira où tu voudras, je te l'ai déjà dit.

Il a rempli mon bol.

— Mais elle, qu'est-ce qu'elle faisait pendant ce temps-là ?

— Je ne sais pas… Elle travaillait. Elle avait trouvé une place à l'Unesco et l'avait quittée peu de temps après. Elle n'aimait pas traduire leurs salamalecs. Elle ne supportait pas de rester enfermée des journées entières à ânonner le prêchi-prêcha des hommes politiques. Elle préférait le monde du business où l'adrénaline était de meilleure qualité. Elle se baladait, rendait visite à ses frères, sœurs et amis éparpillés aux quatre coins du monde. Elle est restée un moment en Norvège mais elle ne les aimait pas non plus, ces ayatollahs aux yeux clairs, et puis elle avait tout le temps froid… Et quand elle en avait assez des décalages horaires, elle restait à Londres et traduisait des notices techniques. Elle adorait ses neveux.

— Mais à part le boulot ?

— Ah, ça… Mystère et boule de gomme. Dieu sait que j'ai essayé de lui tirer les vers du nez pourtant… Elle se fermait, biaisait, se faufilait entre mes questions. « Laisse-moi au moins ça, me disait-elle, laisse-moi au moins cette dignité-là. La dignité de celles qui font *Back Street*. Ce n'est pas trop te demander quand même ? » Ou alors elle me rendait la monnaie de ma pièce et me torturait en riant. « Au fait, je ne t'ai pas dit que je m'étais mariée le mois dernier ? C'est bête, je voulais te montrer des photos mais je les ai oubliées. Il s'appelle Billy, il n'est pas très malin mais il s'occupe bien de moi, tu sais… »

— Ça vous faisait rire ?

— Non. Pas tellement.

— Vous l'aimiez ?

— Oui.

— Vous l'aimiez comment ?

— Je l'aimais.

— Et vous gardez quel souvenir de ces années-là ?

— Une vie en pointillé… Rien. Quelque chose. Puis rien de nouveau. Puis quelque chose. Puis rien encore… Du coup, c'est passé très vite… Quand j'y repense, j'ai l'impression que cette histoire n'a duré qu'une saison… Même pas une saison, un souffle. Une espèce de mirage… Il nous manquait la vie quotidienne. C'est de ça dont Mathilde souffrait le plus je crois… Je m'en doutais, note bien, mais j'en ai eu la preuve un soir, après une longue journée de travail.

« Quand je suis rentré, elle était assise devant un petit bureau et écrivait quelque chose sur le papier à lettres de l'hôtel. Elle avait déjà rempli une dizaine de pages de sa petite écriture serrée.

« "À qui tu écris comme ça ? lui ai-je demandé en me penchant sur son cou.

— À toi.

— À moi ?"

« Elle me quitte, ai-je eu le temps de penser et, déjà, je ne me sentais plus si bien.

« "Qu'est-ce que tu as ? Tu es tout pâle. Ça ne va pas ?

— Pourquoi tu m'écris ?

— Oh, en fait je ne t'écris pas vraiment, j'écris ce que j'ai envie de faire avec toi…"

« Il y avait des feuilles partout. Autour d'elle, à ses pieds, sur le lit. J'en ai pris une au hasard :

… pique-niquer, faire la sieste au bord d'une rivière, manger des pêches, des crevettes, des croissants, du riz gluant, nager, danser, m'acheter des chaussures, de la lingerie, du parfum, lire le journal, lécher les vitrines, prendre le métro, surveiller l'heure, te pousser quand tu prends toute la place, étendre le linge, aller à l'Opéra, à Bayreuth, à Vienne, aux courses, au supermarché, faire des barbecues, râler parce que tu as oublié le charbon, me laver les dents en même temps que toi, t'acheter des caleçons, tondre la pelouse, lire le journal par-dessus ton épaule, t'empêcher de manger trop de cacahouètes, visiter les caves de la Loire, et celles de la Hunter Valley, faire l'idiote, jacasser, te présenter Martha et Tino, cueillir des mûres, cuisiner, retourner au Vietnam, porter un sari, jardiner, te réveiller encore parce que tu ronfles, aller au zoo, aux puces, à Paris, à Londres, à Melrose, à Piccadilly, te chanter des chansons, arrêter de fumer, te demander de me couper les ongles, acheter de la vaisselle, des bêtises, des choses qui ne servent à rien, manger des glaces, regarder les gens, te battre aux échecs, écouter du jazz, du reggae, danser le mambo et le cha-cha-cha, m'ennuyer, faire des caprices, bouder, rire, t'entortiller autour de mon petit doigt, chercher une maison avec vue sur les vaches, remplir d'indécents Caddie, repeindre un plafond, coudre des rideaux, rester des heures à table à discuter avec des gens intéressants, te tenir par la barbichette, te couper les cheveux, enlever les mauvaises herbes, laver la voiture, voir la mer, revoir de vieux nanars, t'appeler encore, te dire des mots crus, apprendre à tricoter, te tricoter une écharpe, défaire cette horreur, recueillir des chats, des chiens, des perroquets, des éléphants, louer des bicyclettes, ne pas s'en servir, rester dans un hamac, relire les Bicot de ma grand-mère, revoir les robes de Suzy, boire des margaritas à l'ombre, tricher, apprendre à me servir d'un fer à repasser, jeter le fer à repasser par la fenêtre, chanter sous la pluie, fuir les touristes, m'enivrer, te dire toute la vérité, me souvenir que toute vérité n'est pas bonne à dire, t'écouter, te donner la main, récupérer mon fer à repasser, écouter les paroles des chansons, mettre le réveil, oublier nos valises, m'arrêter de courir, descendre les poubelles, te demander si tu m'aimes toujours, discuter avec la voisine, te raconter mon enfance à Bahreïn, les bagues de ma nounou, l'odeur du henné et les boulettes d'ambre, faire des mouillettes, des étiquettes pour les pots de confiture...

« Et ça continuait comme ça pendant des pages et des pages. Des pages et des pages... Je te dis là ce qui me passe par la tête, ce dont je me souviens. C'était incroyable.

« "Depuis combien de temps tu rédiges ça ?

— Depuis ton départ.

— Mais pourquoi ?

— Parce que je m'ennuie, m'a-t-elle répondu sur un ton joyeux, je meurs d'ennui, figure-toi !"

« J'ai ramassé tout ce fourbi et je me suis assis sur le bord du lit pour y voir plus clair. Je souriais mais en vérité, tant de désir, tant d'énergie me paralysaient. Mais je souriais quand même. Elle savait dire les choses de façon si drôle, si spirituelle et puis elle guettait mes réactions. Sur une des pages, coincé entre « repartir à zéro » et « coller des photos », il y avait « un enfant », comme ça, sans commentaires. J'ai continué à inspecter cette immense liste sans moufter pendant qu'elle se mordait les joues.

« "Alors ? Elle ne respirait plus. Qu'est-ce que tu en penses ?

— Qui sont Martha et Tino ?" ai-je demandé.

*

« À la forme de sa bouche, à la façon dont ses épaules se sont affaissées, à sa main qui tombait, j'ai su que j'allais la perdre. Qu'en posant cette question idiote, j'avais posé ma tête sur le billot. Elle est partie dans la salle de bains et a répondu "Des gens bien" avant de fermer la porte. Et au lieu de la rejoindre, au lieu de me jeter à ses pieds en lui disant que, oui, tout ce qu'elle voudrait, puisque oui, j'étais sur cette terre pour la rendre

heureuse, je suis allé sur le balcon fumer une cigarette.

— Et alors ?

— Alors rien. Elle avait mauvais goût. Nous
sommes descendus dîner. Mathilde était belle. Plus
belle que jamais me semblait-il. Et vivante, et gaie.
Tout le monde la regardait. Les femmes se retour-
naient et les hommes me souriaient. Elle était...
comment te dire... elle irradiait... Sa peau, son
visage, son sourire, ses cheveux, ses gestes, tout en
elle captait la lumière et la renvoyait avec grâce.
C'était un mélange de vitalité et de douceur qui ne
cessait de me surprendre. « Tu es belle », lui
avouais-je, elle haussait les épaules, « C'est dans tes
yeux », « Oui, acquiesçais-je, c'est dans mes
yeux... »

« Et quand je pense à elle aujourd'hui, après
toutes ces années, c'est la première image qui me
vient à l'esprit : elle, son long cou, ses yeux
sombres et sa petite robe marron dans cette salle
à manger autrichienne en train de hausser les
épaules.

« D'ailleurs, c'était exprès, toute cette beauté,
toute cette grâce. Elle savait très bien ce qu'elle faisait ce soir-là : elle se rendait inoubliable. Peut-être
que je me trompe mais je ne crois pas... C'était son
chant du cygne, ses adieux, son mouchoir à la
fenêtre. Elle était si fine, elle devait sentir cela...
Même sa peau était plus douce. En était-elle
consciente ? Était-ce généreux de sa part ou seulement cruel ? Les deux, je pense... Les deux...

« Et cette nuit-là, après les caresses et les gémis-
sements, elle m'a dit :

142

« "Je peux te poser une question ?

— Oui.

— Tu me répondras ?

— Oui."

« J'avais rouvert les yeux.

« "Tu ne trouves pas qu'on va bien ensemble ?"

« J'étais déçu, je m'attendais à quelque chose de plus… euh… flamboyant comme question.

« "Si.

— Tu trouves aussi ?

— Oui.

— Moi je trouve qu'on va bien ensemble…

« J'aime être avec toi parce que je ne m'ennuie jamais. Même quand on ne se parle pas, même quand on ne se touche pas, même quand on n'est pas dans la même pièce, je ne m'ennuie pas. Je ne m'ennuie jamais. Je crois que c'est parce que j'ai confiance en toi, j'ai confiance en tes pensées. Tu peux comprendre ça ? Tout ce que je vois de toi et tout ce que je ne vois pas, je l'aime. Pourtant je connais tes défauts. Mais justement, j'ai l'impression que tes défauts vont bien avec mes qualités. Nous n'avons pas peur des mêmes choses. Même nos démons vont bien ensemble ! Toi, tu vaux mieux que ce que tu montres et moi, c'est le contraire. Moi, j'ai besoin de ton regard pour avoir un peu plus de… de la matière ? Comment dit-on en français ? De la constance ? Quand on veut dire que quelqu'un est intéressant à l'intérieur ?

— Profondeur ?

— C'est ça ! Moi je suis comme un cerf-volant, si quelqu'un ne tient pas la bobine, pfft, je m'envole… Et toi, c'est drôle, je me dis souvent que tu es assez fort pour me retenir et assez intelligent pour me laisser filer...

— Pourquoi tu me parles de tout ça ?

— J'avais envie que tu le saches.

— Pourquoi maintenant ?

— Je ne sais pas... Est-ce que ce n'est pas incroyable de rencontrer quelqu'un et de se dire : avec cette personne, je suis bien.

— Mais pourquoi tu me dis ça maintenant ?

— Parce que quelquefois j'ai l'impression que tu ne te rends pas compte de la chance que nous avons...

— Mathilde ?

— Oui.

— Tu vas me quitter ?

— Non.

— Tu n'es pas heureuse ?

— Pas très."

« Et nous nous sommes tus.

« Le lendemain nous sommes allés crapahuter dans la montagne et le surlendemain, nous sommes repartis chacun de notre côté.

Ma tisane refroidissait.

— C'est fini ?

— Presque.

« Quelques semaines plus tard, elle est venue à Paris et m'a demandé de lui accorder un moment. J'étais heureux et contrarié à la fois. Nous avons marché longtemps en parlant à peine et puis je l'ai emmenée déjeuner au rond-point des Champs-Élysées.

« Alors que je m'enhardissais à prendre ses mains dans les miennes, elle m'a assommé :

« "Pierre, je suis enceinte.

— De qui ?" ai-je répondu en blêmissant.

« Elle s'est levée radieuse.

« "De personne."

« Elle a enfilé son manteau et repoussé sa chaise. Un sourire magnifique barrait son visage.

« "Je te remercie, tu as prononcé les mots que j'attendais. Oui, j'ai fait tout ce chemin pour m'entendre dire ces deux mots. C'était un peu risqué."

« Je bafouillais, je voulais me relever mais le pied de la table me… Elle a fait un signe :

« "Ne bouge pas."

« Ses yeux brillaient.

« "J'ai eu ce que je voulais. Je n'arrivais pas à te quitter. Je ne peux pas passer ma vie à t'attendre mais je… Rien. Il fallait que j'entende ces deux mots. Il fallait que je la voie ta lâcheté. Que je la touche avec mon doigt, tu comprends ? Non, ne bouge pas… ne bouge pas, je te dis ! Ne bouge pas ! Il faut que j'y aille maintenant. Je suis si fatiguée… Si tu savais comme je suis fatiguée, Pierre… Je… je n'en peux plus…"

« Je m'étais levé.

« "Tu vas me laisser partir, dis ? Tu vas me laisser ? Il faut que tu me laisses partir maintenant, il faut que tu me laisses… Elle s'étranglait. Tu vas me laisser partir, n'est-ce pas ?"

« J'ai acquiescé.

« "Mais tu le sais que je t'aime, tu le sais, n'est-ce pas ?" ai-je fini par lâcher.

« Elle s'est éloignée et s'est retournée avant de

franchir la porte. Elle m'a regardé fixement et a secoué la tête de gauche à droite.

*

Mon beau-père s'était levé pour tuer une bestiole sur la lampe.

Il a versé la fin de la bouteille dans son verre.

— Maintenant c'est fini ?
— Oui.
— Vous ne l'avez pas rattrapée ?
— Comme dans les films ?
— Oui. Au ralenti...
— Non. Je suis allé me coucher.
— Vous coucher ?
— Oui.
— Mais où ?
— Chez moi, pardi !
— Pourquoi ?
— Une grande faiblesse, une grande grande lassitude... Depuis plusieurs mois déjà, j'étais obsédé par un arbre mort. À n'importe quelle heure du jour ou de la nuit, je rêvais que j'escaladais un arbre mort et que je me laissais glisser dans son tronc creux. Et la chute était douce, douce... comme si je rebondissais sur la corolle d'un parachute. Je rebondissais, je tombais plus bas et je rebondissais encore. J'y pensais constamment. En réunion, à table, dans ma voiture, en cherchant le sommeil. J'escaladais mon arbre et je me laissais dégringoler.
— Dépression ?
— Pas de grand mot, s'il te plaît, pas de grand

mot… Tu sais bien comment ça se passe chez les Dippel, ricana-t-il, tu l'as dit tout à l'heure. Ni humeur, ni sécrétion, ni bile. Non, je ne pouvais décemment pas m'offrir ce genre de caprice. J'ai donc eu une hépatite. C'était plus convenable. Je me suis réveillé le lendemain, le blanc des yeux jaune citron, le dégoût de tout et les urines sombres et voilà, le tour était joué. Une hépatite carabinée pour un homme qui voyageait, ça tombait sous le sens.

«C'est Christine qui m'avait déshabillé ce jour-là.

«Je ne pouvais plus faire un geste… Pendant un mois, je suis resté dans mon lit, nauséeux et épuisé. Quand j'avais soif, j'attendais que quelqu'un entre et me tende un verre et quand j'avais froid, je ne trouvais pas la force de remonter ma couverture. Je ne parlais plus. J'interdisais qu'on ouvre les volets. J'étais devenu un vieillard. La bonté de Suzanne, mon impuissance, les chuchotements des enfants, tout m'épuisait. Est-ce qu'on ne pouvait pas fermer la porte une bonne fois pour toutes et me laisser seul avec mon chagrin? Est-ce que Mathilde serait venue si… Est-ce que… Oh… J'étais si fatigué. Et mes souvenirs, mes regrets et ma lâcheté me terrassaient plus encore. Les yeux mi-clos et le cœur au bord des lèvres, je songeais au désastre qu'avait été ma vie. Le bonheur était là et je l'avais laissé passer pour ne pas me compliquer l'existence. C'était si simple pourtant. Il suffisait de tendre la main. Le reste se serait bien arrangé d'une façon ou d'une autre. Tout finit par s'arranger quand on est heureux, tu ne penses pas?

— Je ne sais pas.

— Si, moi je sais. Tu peux me faire confiance, Chloé. Je ne sais pas grand-chose mais ça, je le sais.

147

Je ne suis pas plus clairvoyant qu'un autre seulement j'ai deux fois ton âge. Deux fois ton âge, tu te rends compte ? La vie, même quand tu la nies, même quand tu la négliges, même quand tu refuses de l'admettre, est plus forte que toi. Plus forte que tout. Des gens sont revenus des camps et ont refait des enfants. Des hommes et des femmes qu'on a torturés, qui ont vu mourir leurs proches et brûler leur maison ont recommencé à courir après l'autobus, à commenter la météo et à marier leurs filles. C'est incroyable mais c'est comme ça. La Vie est plus forte que tout. Et puis, qui sommes-nous pour nous accorder tant d'importance ? Nous nous agitons, nous parlons fort et alors ? Et pourquoi ? Et puis quoi, après ?

« Qu'est devenue la petite Sylvie pour laquelle Paul est mort dans la pièce d'à côté ? Qu'est-elle devenue, elle ?

« Le feu va mourir...

Il s'est levé pour remettre une bûche.

Et moi, songeais-je, où je suis dans tout ça ?
Je suis où, moi ?

Il était agenouillé devant la cheminée.
— Tu me crois, Chloé ? Tu me crois quand je te dis que la vie est plus forte que toi ?
— Sûrement...
— Tu me fais confiance ?
— Ça dépend des jours.
— Et aujourd'hui ?
— Oui.
— Alors tu ferais bien d'aller te coucher maintenant.

— Vous ne l'avez jamais revue ? Vous n'avez jamais essayé de prendre de ses nouvelles ? Vous ne lui avez jamais téléphoné ?

Il a soupiré.

— Tu n'en as pas eu assez ?

— Non.

— J'ai appelé chez sa sœur bien sûr, j'y suis même allé mais ça n'a servi à rien. L'oiseau s'était envolé… Pour la retrouver il aurait déjà fallu que je sache dans quel hémisphère la chercher… Et puis j'avais promis de la laisser tranquille. C'est une qualité que l'on peut me reconnaître tout de même. Je suis beau joueur.

— C'est complètement idiot ce que vous dites là. Le problème n'était pas d'être bon ou mauvais joueur. Beau ou mauvais perdant. C'est complètement débile comme raisonnement, débile et puéril. Ce n'était pas un jeu quand même… Si ? C'était un jeu ?

Il se réjouissait.

— Décidément, je ne me fais pas de souci pour toi, ma grande. Tu n'imagines pas l'estime que je te porte. Tu es tout ce que je ne suis pas, tu es ma géante et ton bon sens nous sauvera tous…

— Vous êtes soûl, c'est ça ?

— Tu veux rire ? Je ne me suis jamais senti aussi bien !

Il s'est relevé en se tenant au linteau de la cheminée.

— Allons nous coucher maintenant.

— Vous n'avez pas fini…

— Tu veux m'entendre radoter encore ? !

— Oui.

— Pourquoi ?

— Parce que j'aime les belles histoires.
— Tu trouves que c'est une belle histoire ?
— Oui.
— Moi aussi…

— Vous l'avez revue, n'est-ce pas ? Au Palais-Royal ?
— Comment tu sais ça ?
— C'est vous qui me l'avez dit !
— Ah bon ? J'ai dit ça ?
J'opinai.
— Alors ce sera le dernier acte…
« Ce jour-là, j'invitais des clients au Grand Véfour. C'est Françoise qui avait tout organisé. Millésimes, mains dans le dos et mignardises. J'avais sorti le grand jeu. Depuis le temps que je devais m'y coller… Ce fut un déjeuner sans intérêt. J'ai toujours détesté ça. Passer des heures à table à plaisanter avec des types dont je me fous complètement et me cogner toutes leurs histoires de boulot… En plus, je passais pour le rabat-joie de la bande à cause de mon foie. Pendant très longtemps, je n'ai plus bu une goutte d'alcool et ai demandé aux garçons de me dire très précisément ce qu'il y avait dans chaque plat. Enfin, tu vois le genre d'emmerdeur… Et puis, je n'aime pas tellement la compagnie des hommes. Ils m'ennuient. Rien n'a changé depuis les années de pensionnat. Les farauds sont toujours les mêmes et les fayots aussi…

« J'en étais donc là de ma vie, devant la porte d'un grand restaurant, un peu lourd, un peu las à taper dans le dos d'un autre gros cigare en rêvant du moment où je pourrais enfin desserrer ma ceinture quand je l'ai aperçue. Elle marchait vite, courait presque et traînait derrière elle un petit garçon mécontent. "Mathilde?" ai-je murmuré. Je l'ai vue pâlir. J'ai vu le sol se dérober sous ses pieds. Elle n'a pas ralenti. "Mathilde!", ai-je répété plus fort, "Mathilde!" Et je suis parti comme un voleur. "Mathiiilde!" Je hurlais presque. Le petit garçon s'était retourné.

« Je l'ai invitée à boire un café sous les arcades. Elle n'a pas eu la force de refuser, elle... Elle était si belle encore. Je me forçais. J'étais un peu gauche, un peu bête, un peu badin. C'était difficile.

« Où vivait-elle? Pourquoi était-elle ici? Qu'elle me parle d'elle. Dis-moi comment tu vas? Tu vis ici? Tu vis à Paris? Elle répondait de mauvaise grâce. Elle était mal à l'aise et mordillait le bout de sa petite cuillère. De toute façon je ne l'écoutais pas, je ne l'écoutais plus. Je regardais ce petit garçon blond qui avait récupéré tous les quignons de pain des tables voisines et lançait des miettes aux oiseaux. Il avait fait deux tas, un pour les moineaux, l'autre pour les pigeons et régentait tout ce petit monde avec passion. Les pigeons ne devaient pas venir manger les miettes des plus petits. *Go away you!* criait-il en leur donnant des coups de pied, *Go away you stupid bird!*" Au moment où je me suis retourné vers sa mère en ouvrant la bouche, elle m'a coupé la parole:

« "Ne te fatigue pas, Pierre, ne te fatigue pas. Il n'a pas cinq ans... Il n'a pas cinq ans, tu comprends?"

« J'ai refermé ma bouche.

« "Comment s'appelle-t-il ?

— Tom.

— Il parle anglais ?

— Anglais et français.

— Tu as d'autres enfants ?

— Non.

— Tu... Tu... Je veux dire... tu vis avec quelqu'un ?"

« Elle a raclé le sucre au fond de sa tasse et m'a souri.

« "Il faut que j'y aille maintenant. On nous attend.

— Déjà ?"

« Elle s'était levée.

« "Je peux vous déposer quelque part, je..."

« Elle a pris son sac.

« "Pierre, je t'en prie..."

« Et là, j'ai craqué. Je ne m'y attendais pas du tout. Je me suis mis à pleurer comme une madeleine. Je... Il était pour moi ce gamin. C'était à moi de lui montrer comment chasser les pigeons, c'était à moi de ramasser son pull et de lui remettre sa casquette. C'était à moi de le faire. En plus, je savais qu'elle me mentait ! Il avait plus de quatre ans ce gamin-là. Je n'étais pas aveugle quand même ! Je savais bien qu'elle me mentait. Pourquoi elle me mentait comme ça ?! Pourquoi elle m'avait menti ? On n'a pas le droit de mentir comme ça ! On... Je sanglotais. Je voulais lui dire que...

« Elle a poussé sa chaise.

« "Je te laisse maintenant. Moi j'ai déjà tout pleuré."

— Et après ?

— Après je suis reparti...

152

— Non mais je veux dire, avec Mathilde, après ?
— Après c'est fini.
— Fini, fini ?
— Fini.

Long silence.

— Elle mentait ?
— Non. Depuis j'ai fait attention. J'ai comparé avec d'autres gamins, avec tes filles... non, je crois qu'elle ne mentait pas. Les enfants sont si grands maintenant... Avec toutes ces vitamines que vous mettez dans leurs biberons... Je pense à lui quelquefois. Il doit avoir presque quinze ans aujourd'hui... Il doit être immense ce gosse.
— Vous n'avez jamais essayé de la revoir ?
— Non.
— Et aujourd'hui ? Peut-être qu'elle...
— Aujourd'hui c'est fini. Aujourd'hui je... Je ne sais même pas si je serais encore capable de la...
Il dépliait le pare-feu.
— Je n'ai plus envie d'en parler.

Il est allé fermer la porte d'entrée à clé et a éteint toutes les lampes.
Je ne bougeais pas du canapé.

— Allez, Chloé... Tu as vu l'heure ? Va te coucher maintenant.
Je ne répondais pas.
— Tu m'entends ?

— Alors c'est une connerie l'amour ? C'est ça ? Ça ne marche jamais ?

— Si, ça marche. Mais il faut se battre…

— Se battre comment ?

— Se battre un petit peu. Un petit peu chaque jour, avoir le courage d'être soi-même, décider d'être heur…

— Oh ! comme c'est beau ce que vous dites là ! On dirait du Paulo Coelho…

— Moque-toi, moque-toi…

— Être soi-même, ça veut dire planter sa femme et ses gosses ?

— Qui parle de planter ses gosses ?

— Oh ! Arrêtez. Vous comprenez bien ce que je veux dire…

— Non.

Je m'étais remise à pleurer.

— Allez ! partez maintenant. Laissez-moi. Je n'en peux plus de vos bons sentiments. Je n'en peux plus. Vous me gavez monsieur l'Écorché vif, vous me gavez…

— J'y vais, j'y vais. Demandé si gentiment…

Au moment de sortir de la pièce, il a dit :

— Une dernière histoire, je peux ?

Je ne voulais pas.

— Un jour, il y a bien longtemps, je suis allé à la boulangerie avec ma petite fille. C'était rare que j'aille à la boulangerie avec ma petite fille. C'était rare que je lui donne la main et c'était plus rare encore que je sois seul avec elle. Ce devait être un dimanche matin, il y avait du monde dans la boulangerie, les gens achetaient des fraisiers ou des vacherins. En sortant, ma petite fille m'a demandé de lui donner le croûton de la baguette. J'ai refusé. Non, lui ai-je répondu, non. Quand nous serons à table. Nous sommes rentrés et nous nous sommes tous assis pour déjeuner. Une gentille petite famille. C'est moi qui ai coupé le pain. J'y tenais. Je voulais honorer ma promesse. Mais quand j'ai tendu le croûton à ma petite fille, elle l'a donné à son frère.

« "Mais tu m'as dit que tu le voulais...

— C'était tout à l'heure que je le voulais, a-t-elle répondu en dépliant sa serviette.

— Mais, il a le même goût, ai-je insisté, c'est le même..."

« Elle a tourné la tête.

"Non merci."

« Je vais aller me coucher, je vais te laisser dans le noir si c'est ça que tu veux mais avant d'éteindre, je voudrais poser une question. Je ne te la pose pas à toi, je ne me la pose pas à moi, je la pose aux boiseries :

« Est-ce que cette petite fille têtue n'aurait pas préféré vivre avec un papa plus heureux ?

6243

Composition Chesteroc International Graphics
Achevé d'imprimer en France (La Flèche)
par Brodard & Taupin
le 3 décembre 2003 -21704
Dépôt légal décembre 2003. ISBN 2-290-33071-X
1er dépôt légal dans la collection : septembre 2003

Éditions J'ai lu
84, rue de Grenelle, 75007 Paris
Diffusion France et étranger : Flammarion